D1705571

Luftpost zwischen Tag und Nacht

Roman

Leo Pinkerton

Verlagshaus el Gato

für den Uhrmachermeister,
der mir das große Rätsel der Zeit schenkte.

für Tante Marianne,
die mir das Leben mit auf den Weg gab.

Kapitel 1

Rufus fuhr erschrocken zusammen. Er ging gerade durch den weitläufigen Flur seines Hauses, als sich die Eingangstür plötzlich öffnete. Eine Frau trat ein. Sie stellte einen großen Koffer auf dem Boden ab und fuhr sich mit der Hand über die Stirn. All dies geschah, ohne dass Rufus ein einziges Geräusch vernahm. Er sah eine Schweißperle die Stirn der Frau hinunterrinnen.

„Wer sind Sie? Wie sind Sie hereingekommen?", fragte er unsicher. Die Frau reagierte nicht. Sie hielt den Kopf schräg und schien auf ein Geräusch zu horchen.

Rufus ging auf sie zu. „Hallo! Sie! Was tun Sie hier?", fragte er lauter als vorher.

Die Frau streckte ihre Hand aus und griff in einen feinen Lichtstreifen, der wie der Strahl eines Scheinwerfers den Flur entlanglief. Sie lächelte. Ihre Hand ging durch Rufus' Körper hindurch, ohne ihn zu berühren. Erschrocken wich er nach hinten aus und befühlte ungläubig seine Brust. Sie war fest. Rufus ging wieder einen Schritt nach vorn. Vorsichtig streckte er seine Hand aus und näherte sich der Fremden. Seine Finger zitterten, als er durch ihren Körper hindurch fuhr, als wäre er Luft.

„Oh, mein Gott", flüsterte er.

Lili stand einen Moment reglos in der Diele des fremden Hauses. Sie stellte ihren braunen, großen Koffer ab. Sein abgewetztes Leder zeigte, dass er sie schon auf vielen Reisen begleitet hatte. Lili lauschte in die Stille des Hauses. Ein muffiger Geruch lag in der Luft. Der Gedanke, für ein Jahr, völlig abgeschieden von ihrer gewohnten Umgebung, an diesem Ort zu wohnen, kam ihr plötzlich absurd vor. Sie hatte nicht erwartet, dass das Haus so groß war.

Der Eigentümer, ein Professor, hielt sich im Ausland auf. In Amerika. In der kleinen Zeitungsanzeige hatte sie gelesen: Möbliertes Haus in ländlicher Umgebung für ein Jahr preisgünstig zu vermieten. Es hatte so verlockend geklungen, dass Lili spontan beim Makler anrief. Das Glück war auf ihrer Seite, sie war die Erste, die sich auf die Anzeige meldete. Sie blieb die Einzige.

Im Nachhinein wusste sie nicht mehr, warum sie den Immobilienteil ihrer Tageszeitung überhaupt durchgesehen hatte. Ihre Wohnung in der Stadt bot alles, was sie brauchte. Zu Anfang war es nur ein kleiner Gedanke gewesen, eine Zeit lang irgendwo hinzugehen, wo sie alleine sein konnte. Doch der Gedanke wurde zur Idee, die Idee setzte sich fest und trieb sie zum Handeln. Danach ging alles sehr schnell. Sie fand sofort jemanden, der ihre Wohnung ebenfalls für ein Jahr übernehmen wollte. Mit Ausnahme einiger persönlicher Dinge, die sich nun in ihrem Lederkoffer befanden, übergab sie ihren Wohnungsschlüssel und war hierher gefahren.

Jetzt, als Lili in der Diele stand, in deren Mitte auf einem dünnen Lichtstreifen Tausende von Staubkörnchen tanzten, fragte sie sich, ob sie nicht besser umkehren sollte. Fasziniert betrachtete sie das Glitzern der Staubteilchen. Behutsam streckte sie ihre Hand danach aus. Die Teilchen wirbelten wild durcheinander. Lili ging dem Lichtstreifen nach.

Er kam aus einem Raum rechts von ihr. Durch die Ritzen eines geschlossenen Fensterladens wurde er bis ins Innere des Hauses gelenkt. Lili öffnete den Fensterladen, dessen eingerostete Scharniere ein lang gezogenes Quietschen hinterließen, und drehte sich um. Es war nur ein kleiner Teil des Zimmers, den sie sah. Nachdem sie auch die übrigen drei Fenster geöffnet hatte, offenbarte sich der Raum in seiner vollen Größe. Überall in der Luft wirbelte glitzernder Staub, aufgeschreckt durch das gleißende Sonnenlicht, das nun ungehindert hineinströmen konnte, um auch den kleinsten Winkel mit Helligkeit zu bereichern.

Rufus war der geisterhaften Erscheinung ins Wohnzimmer gefolgt. Irritiert stellte er fest, dass der Raum völlig verändert aussah. Sämtliche Möbelstücke waren plötzlich in weiße Tücher gehüllt.

„Was ist das denn?", fragte Rufus verblüfft.

Er ging zu seinem Wohnzimmertisch und wollte das bis auf den Boden reichende Tuch herunterziehen, doch er konnte es nicht greifen. Verwirrt und mit offenem Mund beobachtete er die Frau.

Das Bild, das sich Lili nun bot, erinnerte sie an Filme, in denen reiche Leute, waren sie für längere Zeit abwesend, ihre Möbel auf diese Art und Weise vor dem Einstauben schützten. An der Form der verhüllten Gegenstände erkannte sie, um welche Möbel es sich handeln musste. Sie ging zu einem Sofa.

Vorsichtig nahm sie eine Ecke des Tuches zwischen die Finger und zog daran. Langsam glitt es zu Boden. Vor Lili stand nicht einfach nur ein Sofa. Es war der Inbegriff eines Sofas. Seine Polster schienen durch bloßes Ansehen noch weicher zu werden, und der Stoff aus weinrotem Samt glänzte noch leicht an den Stellen, die von regelmäßiger Berührung verschont geblieben waren. Lili quietschte vor Vergnügen, als sie sich in die einladenden Polster fallen ließ.

Sie betrachtete der Reihe nach die anderen Möbel im Zimmer - Sessel, Stuhl, Tisch, Schrank, Sideboard, Vitrine und Schreibtisch. Nach und nach entblößte sie jedes einzelne Möbelstück, sodass sich in der Mitte des Raumes ein weißer Tücherberg bildete.

Inzwischen war die Frau mehrmals durch Rufus hindurch gelaufen. Offensichtlich war er für sie nicht vorhanden. Er wusste plötzlich nicht, wie er es nennen sollte, denn er war ja da. Nicht das leiseste Geräusch nahm er von ihr wahr, obgleich er gesehen hatte, dass sie mindestens einmal laut gelacht haben musste. Rufus lief der Frau hinterher wie ein Hund, als sie das Wohnzimmer verließ. Er kam sich blöd vor, weil er zwischendurch immer wieder erfolglos versuchte, sich durch lautes Husten und heftiges Armwedeln bemerkbar zu machen.

Nachdem alle Möbelstücke von den Tüchern befreit waren, begann Lili mit einem Rundgang durch das Haus. Rechts vom Wohnzimmer befand sich die Küche. Groß und geräumig war sie, wie für eine mehrköpfige Familie gedacht. Lili fand alles, was man brauchte, um einen anständigen Haushalt zu führen: Spüle, Herd, Kühlschrank, Spülmaschine sowie mehrere Schränke mit unzähligem Geschirr, Berge von Töpfen und Kochutensilien. Die Krönung war der massive Eichentisch. Er bot so viel Platz, dass daran bequem zehn Personen tafeln konnten.

Lili erkundete das Erdgeschoss weiter. Es gab noch ein kleines Bad und eine Treppe nach unten in den Keller. Den wollte sie zuletzt inspizieren. Sie stieg zuerst die Treppe hinauf in das obere Stockwerk. Von der Diele aus führte ein schmaler Gang nach rechts. Auf seiner linken Seite lagen zwei Zimmer. Gleich groß geschnitten, und mit je einem Bett darin, befanden sie sich genau über dem Wohnzimmer. Gegenüber davon gab es ein geräumiges Bad und ein weiteres Zimmer, in dem ein großes Doppelbett stand. Lili folgerte, dass die zwei anderen Zimmer die Kinderzimmer sein mussten. Im Elternschlafzimmer gab es einen Balkon, der zurzeit im Schatten lag. Weiterhin entdeckte sie eine separate Tür, die ebenfalls zum Bad führte.

Lili schleppte ihren Koffer ins Schlafzimmer und räumte ihre Kleidung in den Schrank, der so geräumig war, dass er noch Platz für weitere fünf Koffer geboten hätte. Danach bezog sie das große Bett mit frischer Wäsche, die sie dort drin gefunden hatte. Als sie fertig war, ging sie wieder nach unten.

Vor ihr lag die Kellertreppe, die sich nach unten wendelnd in Dunkelheit verflüchtigte. Lili drückte einen Lichtschalter am oberen Treppenabsatz. Eine kleine Lampe leuchtete auf, sodass ihr zumindest ein schwacher Lichtschein den Weg wies. Vorsichtig ging sie die Stufen hinunter. Gedanken an Düsternis, Mäuse, Spinnen und gruselige Gestalten sprangen wie wild in ihrem Kopf herum. Keller hatten für Lili etwas Unheimliches. Unwillkürlich stellte sich ein ihr bekannter Automatismus in Angstsituationen ein. Sie sang. Leise, aber mit klarer Stimme, begleitete sie sich die Stufen hinunter. Die erste Tür rechts war aus Metall. Der Raum dahinter entpuppte sich als Heizungsraum. Im Raum daneben standen mehrere Holzkisten und Kartons, zwei kaputte Stühle, sowie das für Millionen andere Keller typische Gerümpel. Der nächste Raum war offensichtlich eine Art Vorratskammer, in der sich Unmengen von Lebensmitteln in Dosen und Gläsern in Regalen befanden, die vom Boden bis zur Decke reichten. Nach einem kurzen Überblick stellte Lili fest, dass kein Verfallsdatum überschritten war. An der Wand gegenüber stand ein Regal, in dem sich das Weindepot des Hauses befand. Sie staunte über die vielen unbekannten Sorten. Manche Flaschen schienen seit Ewigkeiten dort zu liegen, so dick lag Staub darauf.

Zufrieden ging sie zum letzten Raum, der unter der Küche lag. Das Licht funktionierte nicht. Es war zu dunkel, um etwas erkennen zu können. Lili hörte nur das leise Ticken einer Uhr. Sie schloss die Tür und nahm sich vor, später mit einer Taschenlampe die Glühbirne auszuwechseln. Singend stieg sie die Treppe ins Erdgeschoss hoch, jedoch nicht, ohne sich noch einmal umzudrehen.

Inzwischen war es halb sechs. Lili verließ das Haus, um sich in der Nähe aus einem kleinen Geschäft, das sie auf dem Hinweg gesehen hatte, mit den nötigen Grundnahrungsmitteln wie Brot, Wurst, Käse, Butter, Marmelade, Tee, Kaffee und Milch zu versorgen. Eine Art Urlaubsgefühl überfiel Lili, als sie die Straße entlang schlenderte. Es gab keine Flugzeuge, die über ihrem Kopf zu sehen waren. Das entfernte Geräusch der Motoren auf der Hauptstraße erinnerte an das Rauschen einer Meeresbrandung. Lili spürte, dass sie sich an diesem Ort wohlfühlen würde. Jetzt wusste sie, dass ihre Entscheidung, hierher zu kommen, doch richtig gewesen war.

Am frühen Abend verließ die geisterhafte Erscheinung das Haus.

Rufus war erleichtert, vermutete jedoch, dass sie zurückkehren würde. Ihre Verhaltensweise oben im Schlafzimmer deutete darauf hin, dass sie sich in seinem Heim häuslich niederlassen wollte. Rufus fragte sich, was mit ihm geschehen war. War er jetzt völlig übergeschnappt? Was hatte er da eigentlich gesehen? War die Frau tatsächlich vorhanden gewesen oder war sie ein Gespenst? Hatte er eventuell die Wirkung einiger chemischer Substanzen unterschätzt? Er überlegte weiter, ob er vielleicht überarbeitet sein könnte, wies diesen Gedanken jedoch sofort wieder von sich, da er es gewohnt war, stundenlang über seinen Formeln zu sitzen. Jetzt war es für ihn weniger wichtig, wie es zu dieser Erscheinung kommen konnte, sondern vor allem notwendig, eine Möglichkeit zu finden, ihr mitzuteilen, dass sie sich gefälligst ein anderes Haus suchen sollte. Mit wem könnte man darüber reden, ohne für verrückt gehalten zu werden? Er rief lieber niemanden an.

Rufus ging in die Küche und setzte sich an den Tisch. Er stierte vor sich hin und fühlte sich plötzlich müde und leer.

Als Lili nach einer Dreiviertelstunde wieder zurück ins Haus kam, ging sie in die Küche und räumte ihre Einkäufe in den Kühlschrank. Geschafft setzte sie sich an den großen Küchentisch und bestrich ein Brot mit Butter und Marmelade. Auf dem Herd begann ein alter Teekessel vor sich hin zu singen. Neben dem kleinen Lebensmittelgeschäft war ein winziger Schreibwarenladen gewesen. Dort hatte sie einen Schreibblock und einen blauen Filzstift gekauft.

Nachdem sie das Brot gegessen und ihren ersten Durst

mit einer Tasse Tee gestillt hatte, schlug Lili das Deckblatt des Blocks zurück und strich sanft mit der Hand über das erste Blatt Papier. Sie hatte Luftpostpapier gewählt. Es fühlte sich dünn und weich an. Sie liebte es, auf dünnem, weichen Papier zu schreiben. Sie nahm den Filzstift in die rechte Hand und begann das zu tun, wofür sie hierher gekommen war. Sie wollte schreiben und vielleicht auch mal wieder malen.

Ihr Leben lang hatte sie damit verbracht, sich schreibend voran zu arbeiten. Ein kleiner Stapel Kurzgeschichten, von denen sie tatsächlich ein paar in unbedeutenden Tageszeitungen und Zeitschriften veröffentlicht hatte, war das Einzige, was sie bisher mit ihrer Schreiberei erreicht hatte. Ein Kinderbuch hatte sie geschrieben und selbst illustriert. Aber sie hatte nie wirklich versucht, es zu veröffentlichen. Schreiben war das, was Lili am liebsten tat, wenn sie Zeit genug dafür fand. Sie hatte das Haus gemietet, um nur das zu tun. Einen Roman wollte sie schreiben – mit eigenen Illustrationen. Sie hatte früher sogar mal eine Ausstellung gehabt, jedoch seit Jahren kaum einen Pinsel in die Hand genommen. Im Haus herrschte die ideale Stille, um ihre Ideen zu Papier zu bringen. Die Küche war ein guter Platz für die Kopfarbeit. Im Wohnzimmer dagegen würde sie ihr Atelier einrichten. Es bot genügend Raum für eine Staffelei und viele Leinwände.

Lili schrieb: Eigentlich habe ich nie wirklich versucht, ernsthaft zu schreiben und zu malen.

Sie schob den Block zur Seite und betrachtete von Weitem ihren ersten Satz. Gedankenverloren goss sie sich eine zweite Tasse Tee ein, gab zwei Löffel Zucker hinein und rührte um. Es machte ein klingelndes Geräusch. Lili gegenüber befand sich ein riesiges Fenster. Sie sah hinaus. Ein Busch direkt davor nahm ihr die Sicht auf den schmalen Vorgarten, der in einer zwei Meter hohen Hecke an den Bürgersteig grenzte.

Lili fiel auf, dass sie sich noch gar nicht den Garten hinter dem Haus angesehen hatte. Sie legte den Stift unter den geschriebenen Satz, stand entschlossen auf und verließ den Raum.

Die ganze Zeit, in der die Frau aß und trank, saß Rufus neben ihr und betrachtete sie. Ihr Haar war fast schwarz. Der bläuliche Schimmer überzeugte ihn davon, dass es sich nicht um eine Tönung handeln konnte, denn als Chemiker hatte er viele Jahre mit solchen Substanzen experimentiert. Das gehörte früher zu seiner Arbeit. Im Haar entdeckte er feine graue Strähnchen, und kleine Fältchen zeigten sich um die Augen herum, deren helles Grün mit winzigen, schwarzen Sprenkeln durchsetzt war.

Rufus kam sich seltsam vor, als er so dicht vor dem Gesicht der Frau saß. Er pustete sie an. Sie hätte seinen Atem spüren müssen, aber sie zuckte nicht einmal mit den Wimpern. Genießerisch trank sie weiterhin unbeirrt ihren Tee. Plötzlich stand sie auf und verließ die Küche. Rufus entschloss sich, ihr nicht zu folgen. Er kochte sich ebenfalls Tee.

Lili war beeindruckt. Unüberschaubar groß breitete sich der Garten aus. Er zog sich einmal um das ganze Haus, wobei der größte Teil jedoch auf dessen Rückseite lag. Rundherum gesäumt von einer wahrscheinlich uralten Hecke, dachte Lili. Es gab drei Kastanien und eine Tanne, die so hoch war, dass Lili die Spitze nur undeutlich erkennen konnte. Angelegte Blumen- oder Gemüsebeete fand sie nicht, stattdessen war überall naturbelassene, wild wachsende Wiese, auf der sich Löwenzahn und verschiedene Sorten Gräser die Vorherrschaft erkämpft hatten. Mitten auf dieser Wiese stand eine Schaukel, die alles in den Schatten stellte, was Lili bisher gesehen hatte.

Aufgeregt lief sie darauf zu. Das Gerüst bestand rechts und links aus je zwei schräg stehenden Pfosten, die einen dicken Querbalken hielten und, so schätzte Lili, eine Höhe von mindestens vier Metern hatten. „Irre!", quietschte sie und setzte sich vorsichtig auf das breite Brett, das an zwei dicken Seilen befestigt war, die sich auf dem letzten Meter nach unten teilten. Erwartungsvoll begann Lili, die Schaukel vor und zurück zu bewegen. Es war ein fremdartiges Gefühl, so langsam zu schwingen. Wie in Zeitlupe, immer höher und höher. Lili schloss die Augen. Sie lachte und stieß einen Juchzer nach dem anderen aus. Du meine Güte, dachte sie, was für ein Traum. Sie fühlte sich wie damals, als sie noch ein Kind war.

Rufus las, was die Frau geschrieben hatte:
Eigentlich habe ich nie wirklich versucht, ernsthaft zu schreiben und zu malen.

Ganz automatisch nahm er seinen roten Filzstift, mit dem er in den letzten Tagen wichtige Textstellen in seinen Büchern markiert hatte, und schrieb: Warum nicht?

Laut singend betrat Lili das Wohnzimmer und setzte sich im Schneidersitz auf das rote Samtsofa. Ihre Augen suchten den Weg nach draußen. „Hier werde ich bleiben", sagte sie laut. Dann ging sie in die Küche, um zu schreiben.

Ungläubig starrte sie auf das blaue Luftpostpapier. Klar und deutlich zeigten sich unter ihren eigenen, blauen Worten die roten Buchstaben einer anderen Schrift: Warum nicht?

Lili setzte sich vor das Blatt und rieb sich die Augen. Die beiden Worte verschwanden nicht. Sie war im Garten gewesen, hatte geschaukelt, und während dieser Zeit war jemand in die Küche gekommen und hatte mit einem roten Stift diese Frage unter ihren Satz geschrieben.

Lili öffnete die Besteckschublade am Tisch und griff nach einem großen Messer. Damit bewaffnet schlich sie durch das ganze Haus. Von oben bis unten durchsuchte sie jeden Winkel, in dem sich eine Person hätte verstecken können. Der einzige Raum, den sie bei ihrer Suche ausließ, war der Keller, aus dem sie das Ticken der Uhr gehört hatte. Niemand war da. Lili hatte Angst.

Rufus amüsierte sich herzhaft. Er kam sich fast vor wie im Kino, als er die kleine Frau mit dem riesigen Lachsmesser durchs Haus schleichen sah. Er folgte ihr in gebührendem Abstand. Jetzt war er froh, dass sie ihn nicht sehen konnte, denn er war fest davon überzeugt, dass diese Frau tatsächlich zustechen würde, wenn jemand ihr Leben bedrohte.

Plötzlich schlug sich Rufus vor den Kopf. Er fragte sich, warum es ihm erst jetzt auffiel, dass er auf ihr Papier hatte schreiben können. Ihm fiel das Tuch im Wohnzimmer wieder ein, das er nicht hatte berühren können, und der Koffer im Flur, durch den er aus Versehen einfach hindurchgelaufen war. Die Tasse, aus der sie getrunken hatte, war für ihn nur ein Abbild geblieben, durch das seine Hand hindurchfuhr, als er versuchte, das Gefäß anzufassen. Der Block hingegen war feste Materie, mit der sowohl sie als auch er umgehen konnte.

Rufus ging zurück in die Küche, setzte sich und wartete, was weiter passieren würde.

Als Lili wieder am Tisch saß, neben sich das große Messer, von dem sie überzeugt war, dass man dafür einen Waffenschein brauchte, machte sie sich keine weiteren Gedanken mehr darüber, dass eine andere Person die rote Frage gestellt haben könnte. Wahrscheinlich hatte sie selbst die zwei Worte geschrieben, obwohl sie zum einen gar keinen roten Filzstift besaß und sich zum anderen auch nicht daran erinnern konnte. Was jedoch nicht heißen musste, dass sie es deshalb nicht gewesen war. Es gab viel, das Lili vergaß. Bestimmte Angelegenheiten blieben einfach nicht in ihrem Gedächtnis. Sie hatten dort nur einen kurzen Aufenthalt, um sich schon im nächsten Moment für längere Zeit, oder auch für immer, zu verabschieden. So gesehen glich Lilis Gehirn einem Sieb. Die Löcher darin waren für die Dinge bestimmt, an denen sie nicht festhalten wollte. Lili war unter Freunden für ihre Vergesslichkeit bekannt.

Ganz langsam schrieb sie in sauberer, schnörkeliger Schrift unter die roten Buchstaben: Warum nicht?, dann schneller, Ja, warum eigentlich nicht? Das ist eine gute Frage. Es gibt Fragen, deren Beantwortung nicht einfach so aus dem Ärmel zu schütteln ist. Wenn ich genauer darüber nachdenke, fällt mir auf, dass ich mir diese Frage noch nie gestellt habe. Aber eigentlich will ich das auch gar nicht.

Lili malte Quadrate auf das Papier und verband sie miteinander, sodass durchsichtige Würfel daraus entstanden. Wenn sie nicht weiter wusste, konnte sie das stundenlang tun. Schließlich schrieb sie: Ich glaube, diese Frage kann ich nicht beantworten. Zumindest jetzt noch nicht. Vor dieser einen stehen andere Fragen, die zuerst beantwortet werden müssen. Lili malte wieder kleine Quadrate auf das Blatt, bevor sie schrieb: Was mache ich hier eigentlich? Ich zerbreche mir den Kopf über eine Frage, von der ich nicht einmal weiß, ob ich sie überhaupt selbst gestellt habe.

Der Zeiger der Küchenuhr wanderte auf die Acht zu. Lili hatte großen Hunger. Sie ging in den Vorratskeller und wählte eine Dose mit Hühnersuppe aus. Bei der Gelegenheit fand sie einen kleinen Karton mit Glühbirnen, von denen sie eine mit nach oben nahm. Am nächsten Tag wollte sie die Birne in dem dunklen Keller austauschen.

In der Küche füllte sie die Suppe in einen kleinen Topf und stellte ihn auf die Herdplatte. Nach fünf Minuten saß Lili am Tisch und löffelte genüsslich vor sich hin. Kauend zog sie den blauen Block zu sich heran und schrieb: Das Haus ist wunderschön. Ich frage mich, was für Menschen hier normalerweise leben. Es ist fast unvorstellbar, dass die Räume mit Stimmen erfüllt sind. Alles ist so ruhig. Von außen dringt kaum ein Laut herein. Es ist wie geschaffen für mich. Ich glaube, hier könnte ich immer leben. Schlafen, essen und schaukeln. Die Schaukel ist fantastisch. Wer sie wohl gebaut hat? Das muss ein wunderbarer Mensch sein. Vielleicht schaukelt er genauso gerne wie ich.

Lili sah auf die Uhr. Es war noch früh am Abend, aber sie fühlte sich sehr müde. Sie schrieb: Morgen werde ich anfangen zu notieren, was genau ich hier eigentlich schreiben will.

Und damit nahm eines ihrer größten Probleme seinen Lauf. Zuerst versuchte sie immer, ihre Idee in groben Zügen aufzuschreiben. Aber noch während des Schreibens verschwand das ursprüngliche Gerüst aus ihrem Sinn, sie schweifte ab, verlor sich in tausend Gedanken und fand nicht mehr zu dem zurück, was sie eigentlich schreiben wollte. Lili besaß neben einem verschwindend winzigen Stapel fertiger Geschichten einen riesigen Berg Papier voller Ideen, und ihr schlechtes Gedächtnis trug dazu bei, dass der Papierberg wuchs, statt abgearbeitet zu werden. Hatte sie es jedoch einmal geschafft, eine Idee aufzugreifen, scheiterte das Projekt meistens trotzdem daran, dass Lili nicht in der Lage war, die Geschichte über den Anfang hinaus zu entwickeln. Sie war der Auffassung, dass der Anfang einfach sitzen musste. Wenn ihr das nicht gelang, fand sie für den Rest der Geschichte keine Worte mehr. Der zweite Berg Papier bestand daher aus unzähligen Anfängen. Jedes Mal, wenn sie nicht weiter kam, nahm sie sich vor, sich später noch einmal daranzusetzen, doch in den meisten Fällen sorgte ihre Vergesslichkeit dafür, dass es nie dazu kam.

Rufus las, während die Frau schrieb und wunderte sich, dass sie plötzlich minutenlang einfach nur dasaß und kleine, blaue Quadrate und Würfel auf das Papier zeichnete. Er überlegte, ob er ihr mitteilen sollte, dass er auf ihr Papier geschrieben hatte, doch er ließ es lieber. Seine Angst vor dem Lachsmesser war groß, obgleich sich an der Materielosigkeit der Frau nichts geändert hatte. Rufus beobachtete, wie sie eine Hühnersuppe aufwärmte und gedankenverloren aß. Ihm gefiel die Möglichkeit, jemanden beobachten zu können, ohne dass dieser es wusste. Um zu prüfen, ob er außer dem Luftpostpapier noch irgendetwas anderes aus der Welt der Frau wahrnehmen konnte, roch er an ihrem

Teller – nichts. Zur Sicherheit steckte er anschließend seinen Finger in die heiße Brühe, nicht ohne Angst vor dem Schmerz, den er erwartete, aber sein Finger tappte ins Leere, bis er den Tisch berührte.

Lili ging ins Wohnzimmer. Sie knipste eine kleine Lampe neben dem Sofa an. Zu ihrer Linken befand sich ein Bücherschrank, dessen Ausmaß sich im ersten Augenblick im Dunkel des restlichen Zimmers verlor. Lili fragte sich, warum der Besitzer des Hauses die Bücher nicht mitgenommen hatte. Durch die Glasscheibe des Schrankes las sie die einzelnen Titel auf den Buchrücken. Vor allem Sachliteratur aus Philosophie und Naturwissenschaft, speziell Chemie, befand sich hinter der Scheibe. Auf der rechten Seite standen mehrere Bände, die eher nach Lilis Geschmack waren. Sie nahm einen Krimi heraus, setzte sich in die linke Ecke des roten Samtsofas und begann zu lesen. Doch schon nach wenigen Minuten war sie so müde, dass sie beschloss, schlafen zu gehen.

Bereits oben in dem großen Ehebett konnte sie sich beim besten Willen nicht mehr daran erinnern, was sie auf der ersten Seite des Krimis gelesen hatte. Ich muss das Buch morgen noch mal von vorne anfangen, dachte sie. Erschöpft von dem langen und aufregenden Tag schlief sie ein.

Rufus war der Frau gefolgt. Fast zwanghaft musste er alles, was sie tat, genau mitbekommen. Als er im Schlafzimmer beobachtete, wie sie ihre Kleidung von sich warf, überlief es ihn heiß. Dann wurde er wütend. Sie legte sich auf seine Schlafseite. Aufgebracht rief er: „Das ist meine Seite!" Aber die Frau reagierte nicht. Rufus wusste, dass er eine entsetzliche Nacht haben würde. Es würde nicht nur eine nackte, gut aussehende, fremde Frau neben ihm liegen, auch müsste er auf der anderen Seite seines eigenen Bettes schlafen. Fluchend ging er hinunter in die Küche.

Kapitel 2

Die Uhr schlug sieben, als Lili aufwachte. Draußen war es hell. Für einen Moment schloss sie die Augen wieder und lauschte den Geräuschen, die sie durch das geöffnete Fenster hörte. Unzählige Vögel schienen das kleine Anwesen zu bevölkern. Die Luft war erfüllt mit lautem Gezwitscher. Lili reckte sich lautstark und stand auf. Nachdem sie geduscht und in frische Kleider geschlüpft war, ging sie nach unten in die Küche und setzte Wasser für Kaffee auf. Ihr Blick fiel auf den blauen Luftpostpapierblock, den sie am vorigen Abend auf dem Tisch hatte liegen lassen.

Die Schaukel hat mein Vater gebaut. Ungläubig starrte Lili auf die rote Schrift. Sofort schaute sie sich in der Küche um, musste aber feststellen, dass sie alleine war. Ein seltsames Gefühl beschlich sie. Es war dieses Gefühl, an einem Geschehen beteiligt zu sein, ohne es zu wollen oder etwas daran ändern zu können. Sie würde es im Keim ersticken müssen, das wusste Lili aus Erfahrung, sonst würde das Unbehagen unerträglich werden. Aber wie?, fragte sie sich.

Lili schrieb: Also, entweder bin ich nicht ganz normal, weil ich mir meine Fragen selbst beantworte, ohne es zu wissen, oder es hält sich jemand im Haus auf, dem ich noch nicht begegnet bin. Das Erste ist möglich, weil ich viel tue, ohne mich daran zu erinnern. Das hieße, meine Vergesslichkeit nähme langsam beunruhigende Ausmaße an. Aber das Zweite ist ausgeschlossen, weil niemand außer mir hier ist. Mäuse können bekanntlich nicht schreiben. Also reiß dich gefälligst zusammen.

Sie stand auf, zählte sechs Löffel Kaffeepulver in eine Porzellankanne und goss kochendes Wasser darüber. Das Aroma hüllte Lili in eine duftende Kaffeewolke. Mit geschlossenen Augen sog sie den Duft durch die Nase ein. Seufzend genoss sie den ersten Schluck, setzte sich an den Tisch und betrachtete unsicher den Block. Fassungslos beobachtete sie, wie sich plötzlich kleine rote Buchstaben darauf bildeten. Lili las:

Erstens kann ich Sie beruhigen, was Ihre Normalität betrifft. Die Antworten auf Ihre Fragen stammen von mir. Zweitens bin ich hier. Und drittens ist es noch nicht bewiesen, dass Mäuse nicht schreiben können.

Sprachlos und mit großen Augen folgte Lili den von selbst erscheinenden Buchstaben.

Sie las: Was ist? Sie sitzen da wie ausgestopft.

Lili nahm ihren blauen Stift und schrieb: Wo sind Sie?

Sie sollten zuerst fragen: Wer sind Sie?

Wieso?

Weil man das normalerweise tut.

Blödsinn. Wenn ich jemanden nicht sehen kann, frage ich zuerst, wo er ist. Lili wartete. Nichts geschah.

Was ist? Hat es Ihnen die Sprache verschlagen?, schrieb es wieder auf das Papier.

Wieso?

Kennen Sie nur dieses Fragewort? Es gibt da noch Formulierungen wie: warum, weshalb, wie darf ich das verstehen, ich bitte um eine Erläuterung, ist es möglich, dass Sie ...

… Stopp! Schon gut. Finden Sie nicht auch, dass dies eine außergewöhnliche Angelegenheit ist?

Wieso?

Wollen Sie mich auf den Arm nehmen?

Spielen wir hier ein Frage-und-Fragespiel?

Lili saß da und starrte auf das Blatt.

Ich bin hier.

Was?

Das ist meine Antwort auf Ihre erste Frage - wo ich sei. Ich bin hier.

Was heißt hier?

Hier in der Küche.

Moment, ich bin hier. Aber Sie nicht. Sonst müsste ich Sie ja sehen, oder?

Sie können mich wirklich nicht sehen?

Nein!

Wieso nicht?

Auch nicht gerade einfallsreich, was die Fragewörter betrifft. Ich kann Sie nicht sehen. Warum das so ist, weiß ich nicht.

Seltsam, ich sehe Sie nämlich.

Lili schaute sich noch einmal genau in der ganzen Küche um, konnte aber beim besten Willen niemanden sehen. Sie schrieb: Sind Sie ein Geist?

Nicht, dass ich wüsste.

Was sind Sie dann?

Ein Mensch. Homo sapiens. Eigentlich hatte ich Sie für den Geist gehalten. Ich kann Sie zwar sehen, aber nicht fühlen. Sie sind mindestens schon zehn Mal durch mich hindurch gelaufen, wie auch immer Sie das bewerkstelligen. Ich scheine Luft für Sie zu sein. Und was fällt Ihnen eigentlich ein, mich seit Ihrer Ankunft in meinem Haus zu ignorieren?

Wieso Ihr Haus? Der Besitzer befindet sich momentan in Amerika.

Amerika? Das kann ja wohl nicht sein, wenn ich hier bin, oder?

Lili saß da und suchte in der Umgebung des Tisches nach irgendeinem Anhaltspunkt für eine weitere Person - vergebens. Nicht einmal den Stift, den diese benutzte, konnte sie sehen. Sie schrieb: Also gut, Sie können mich sehen, ich Sie aber nicht, woraus ich schließe, dass ich mir das alles nur einbilde. Folglich sind Sie gar nicht hier. Hören Sie auf, mich zu stören, und treiben Sie Ihren Schabernack bitte woanders. Ich will gerne alleine sein.

Lili verließ die Küche und ging durch das Wohnzimmer in den Garten. Sie setzte sich auf die Schaukel und begann rhythmisch vor- und zurückzuschwingen. Habe ich das eben alles nur geträumt?, fragte sie sich. Ein Geisterhaus wollte sie zwar schon immer gerne mal gesehen haben, aber in einem zu wohnen, das war ihr nicht geheuer. Obgleich der Geist ihr ganz nett zu sein schien. Plötzlich lachte sie laut und tadelte sich selbst: „Deine Fantasie geht mit dir durch, Lili."

Sie sprang in hohem Bogen von der Schaukel und war erstaunt, dass sie das immer noch konnte. Zwischen dem letzten Mal und jetzt lagen mindestens fünfundzwanzig Jahre. Plötzlich fiel ihr ein, dass sie noch den dunklen Keller untersuchen wollte. Sie ging in die Küche, um die Glühbirne zu holen, die sie am Tag zuvor in der Vorratskammer gefunden hatte.

Auf dem Küchentisch füllte sich das zuoberst liegende

blaue Blatt des Blockes mit kleinen roten Buchstaben. Lili ignorierte diesen Vorgang und sah sich nach der Glühbirne um. Sie wusste, dass sie diese in die Küche gelegt hatte, konnte sich aber nicht mehr daran erinnern, wohin. Hastig durchwühlte sie jede Schublade des Küchenschranks und sah sogar in den Kühlschrank, doch die Glühbirne war nirgends zu finden. „Verdammt!", fluchte Lili laut. Sie setzte sich an den Tisch und las, was der Geist geschrieben hatte.

Also, wenn Sie glauben, dass Sie so mit mir umgehen können, dann sind Sie im Irrtum. Dies ist mein Haus, in dem ich seit meiner Geburt lebe! Ich war nie in Amerika und habe auch nicht vor, dorthin zu gehen. Wer hat Ihnen diesen Floh ins Ohr gesetzt? Sie kreuzen hier einfach auf, ignorieren unverschämterweise meine Anwesenheit und erwarten dann auch noch von mir, dass ich Sie in Ruhe lasse. Ich weiß nicht, welchen Trick Sie anwenden, sodass ich Sie zwar sehen, aber nicht hören und fühlen kann. Nicht einmal die Gegenstände, die Sie benutzen, kann ich anfassen. Ich sehe zum Beispiel, wie Sie aus einer Tasse trinken, wenn ich diese jedoch berühren will, ist da nichts. Und gleichzeitig steht genau dieselbe Tasse bei mir im Schrank. Letzte Nacht haben Sie mir sogar den Schlafplatz streitig gemacht. Normalerweise schlafe ich auf der linken Seite des Bettes. Ich fordere Sie deshalb auf, auf der rechten Seite zu schlafen, falls Sie vorhaben, noch länger zu bleiben. In diesem Fall stimmen Sie mir vielleicht zu, dass es angebracht wäre, sich vorzustellen und mir zu verraten, was sie hier eigentlich tun.

Lili empfand es als mühsam, den einzelnen Buchstaben des Geistes zu folgen, bis sich ganze Worte bildeten. Sie überlegte einen Moment, dann kritzelte sie auf das Papier:

Warum sollte ich das? Ich kenne Sie nicht. Sie sind ein Geist. Was hätte ich davon, Ihnen tausend Erklärungen zu geben, die weder Ihnen noch mir etwas nützen?

Sie sind eingebildet und unverschämt. Ich bin kein Geist. Begreifen Sie das endlich. Sie sind der Geist!

Bin ich nicht. Geister brauchen kein Licht, wissen Sie, die können nämlich im Dunkeln sehen. Und da wir hier gerade beim Thema sind, wissen Sie, wo ich die Glühbirne von gestern hingelegt habe?

Also, wenn das Ihre Definition ist, dann kann ich auf gar keinen Fall ein Geist sein. Geister zahlen nämlich keinen Strom, oder glauben Sie, ich habe meine Lampen hier alle nur zum Spaß hängen? Ich bin im Dunkeln blind. Meinen Sie die Birne auf der Sitzbank?

Lili schnaubte wütend, schnappte sich das Leuchtmittel und verschwand aus der Küche. Vor lauter Wut vergaß sie, auf dem Weg nach unten zu singen. Sie öffnete den Kellerraum, starrte in die Dunkelheit, fluchte kurz vor sich hin und stürmte zurück in die Küche.

Wo finde ich in diesem Haus eine Taschenlampe?

Was wollen Sie mit einer Taschenlampe?

Die brauche ich, weil ich im Dunkeln nicht sehen kann.

Es ist Tag!

Weiß ich, aber in dem Kellerraum ganz hinten geht das Licht nicht. Oder bevorzugen Sie als Geist darin vielleicht Kerzen?

Lili musste eine Weile warten, bis sie Antwort bekam. Ungeduldig wippte sie mit ihrem Knie auf und ab. Schließlich erschienen wieder rote Buchstaben.

Ich wusste nicht, dass man schriftlich so schnippisch sein kann. Hören Sie endlich auf, einen Geist aus mir zu machen! Und außerdem funktioniert das Licht bei mir hervorragend.

Bei mir aber nicht.

Ich weiß nicht, wo die Taschenlampe ist.

Haben Sie Kerzen?

Dafür, dass Sie eigentlich alleine sein wollen, verlangen Sie ziemlich viel von mir. Wie wäre es mit der Kerze auf diesem Tisch?

Und Streichhölzer?

In der Kramschublade im Küchenschrank.

Lili nahm den Leuchter vom Tisch und ging zum Schrank. Der Begriff Kramschublade erinnerte sie an ihre Kindheit. Wahrscheinlich gab es in jeder Kindheit solch eine Schublade, die sich mit der Zeit in eine Fundgrube für die skurrilsten Dinge entwickelte. Das ging von alten Schraubenmuttern über gebrauchte Schnürsenkel, Gummiringe, Butterbrottüten, Sonnenbrillen mit nur einem Glas, über diverse Flaschenöffner, vergilbte Einkaufszettel und Kinokarten, Fingerhüte, Sicherheitsnadeln, Kugelschreiber, Feuerzeuge, Geldmünzen, Brotkrümel, klebrige Bonbons, bis hin zu Schlüsseln, deren zugehörige Schlösser schon seit Jahrzehnten nicht mehr existierten. Und egal, wann man diese Schublade öffnete, man konnte immer etwas Neues darin entdecken. Streichhölzer hatte es bei Lili zu Hause allerdings aus Sicherheitsgründen nicht darin gegeben – dafür lebten zu viele Kinder in der Wohnung.

Sie griff nach einer der Schachteln, las im Vorbeigehen auf dem Block: Das Wort ‚Danke' ist Ihnen wohl nicht geläufig? und verließ die Küche.

In dem dunklen Kellerraum zischte das Streichholz leise auf. Lili hielt die Flamme an den Docht. Im kleinen Schein der Kerze sah sie sich um. An der gegenüberliegenden Wand erkannte sie einen langen Tisch, und irgendwo tickte eine Uhr. Das hatte Lili noch von gestern in Erinnerung. Sie entdeckte eine Deckenlampe. Entschlossen stellte sie einen Stuhl darunter und stieg hinauf. Aufgrund ihrer geringen Größe reichte sie gerade an die Lampe heran. Sie drehte die defekte Glühbirne heraus und steckte sie in ihre rechte Hosentasche. Aus der linken holte sie die neue Birne hervor. Gerade wollte Lili sie in die Fassung drehen, als sie plötzlich das unbehagliche Gefühl verspürte, von hinten beobachtet zu werden. Panik kam in ihr auf, die Glühbirne rutschte ihr aus der Hand und zerbarst mit einem lauten Knall auf dem Steinboden. „Verdammt!", zischte Lili. Vorsichtig stieg sie vom Stuhl. Glassplitter knirschten unter ihren Schuhsohlen. Sie nahm die Kerze und verließ fluchtartig den Keller. Mit klopfendem Herzen stand sie im Flur. Sie raufte sich die Haare und fluchte laut: „Was machst du da eigentlich, Lili Robinson? Das darf doch nicht wahr sein. Du stellst dich an wie ein kleines Mädchen!"

Verärgert über sich selbst ging sie zurück in die Küche. Schon von Weitem sah sie, dass der Aufforderung, sich zu bedanken, keine Silbe hinzugekommen war. Lili war enttäuscht. Auf der einen Seite wollte sie, dass dieser Geist endlich verschwand, aber auf der anderen Seite hatte sie durch ihn einen Gesprächspartner. Auch wenn sie eigentlich alleine sein wollte. Aber ich bin alleine, dachte sie. Niemand ist hier. Ich bilde mir das alles nur ein. Vielleicht werde ich verrückt. Oder ich bin es schon.

Mittlerweile war es 10 Uhr. Lili hatte sich ein kleines Frühstück gemacht. Sie nahm es im Wohnzimmer zu sich, um nicht zusehen zu müssen, wie sich der Block auf dem

Küchentisch von selbst mit Buchstaben füllte. Sie nahm den Krimi vom Abend zuvor und versuchte, einige Seiten darin zu lesen. Es gelang ihr nicht. Stattdessen dachte sie darüber nach, was sie tun sollte. Eigentlich hatte sie ja vorgehabt, sich zu überlegen, worüber sie schreiben wollte. Aber ihr war klar, dass sie unter diesen Umständen keinen vernünftigen Gedanken fassen konnte.

Mit einem Seufzer erhob sie sich von dem roten Sofa und ging in die Küche. Schon in der Tür sah sie, dass das letzte Blatt fast vollgeschrieben war. Ohne den Block zu beachten, räumte Lili den Tisch ab und ließ Wasser in das Spülbecken laufen. Stumm machte sie den Abwasch, während Ihre Gedanken in wirrem Durcheinander Kriegsrat hielten. Verstohlen blickte sie zur Seite. Auf dem Tisch lagen nur der Block und ihr blauer Filzstift. Sie sah, dass der Schreibfluss der roten Tinte aufgehört hatte. Lili trocknete sich die Hände ab und setzte sich an den Tisch.

Sie las: Offensichtlich haben Sie tatsächlich vor, mich zu ignorieren. Für mich gestaltet sich dies allerdings ein bisschen schwieriger, denn ich sehe Sie jedes Mal, wenn wir im gleichen Raum sind. Übrigens finde ich, dass Sie sehr hübsch sind. Mitte dreißig vielleicht, oder etwas jünger? Sie haben recht, ich sollte mich erst einmal vorstellen. Mein Name ist Rufus Wittgenstein junior. Seit meiner Geburt vor dreiundvierzig Jahren lebe ich hier in diesem Haus, und bis gestern verlief immer alles ganz normal. Vor allem hatte dieses Haus niemals einen Geist. Sie sind sozusagen mein erster, wenn Sie mir erlauben, Sie so zu nennen. Dennoch müssen wir uns irgendwie arrangieren. Da ich Ihnen nicht aus dem Wege gehen kann, schlage ich also vor, dass Sie Ihren Koffer packen und mein Haus wieder verlassen. Ich hatte nie vor, mit jemandem zusammen zu leben, und ich werde meine Meinung diesbezüglich auch nicht ändern. Bis Sie eine andere Unterkunft gefunden haben, können Sie natürlich hierbleiben. Solange werde ich versuchen, Sie nicht mehr zu belangen, damit Sie sich durch meine Anwesenheit nicht gestört fühlen. Auf Nimmerwiedersehen.

Lili lachte laut auf. Sie nahm ihren Stift und schrieb: Also wirklich, Sie glauben doch nicht im Ernst, dass Sie mich so einfach wieder loswerden. Ich habe das Haus ganz offiziell für ein Jahr gemietet, das heißt, für die Zeit, die der Besitzer in Amerika verbringt. Sie können demnach gar nicht der Besitzer sein, es sei denn, Sie sind inzwischen tot. Zwar fehlte da noch die offizielle Bestätigung des Vermieters, aber ich finde, Ihr geisterhafter Zustand ließe sogar darauf schließen, dass Sie tot sind. Also können Sie mir gar nichts mehr vorschreiben. Wie dem auch sei, ich werde mir mit Sicherheit keine andere Bleibe suchen. Das Haus ist traumhaft schön und für seine Größe total billig. So etwas gibt man nicht einfach auf, nur weil ein Geist sich gestört fühlt. Allein Ihr Name verrät doch schon, dass Sie kein Mensch sind. Rufus. So nennt man kein Baby. Rufus klingt eher wie der Name eines Hundes. Entschuldigung, aber in Anbetracht der Tatsachen liegt es doch wohl eher bei mir, zu entscheiden, wer geht. Solange Sie nicht plötzlich anfangen, im Haus herumzuspuken und mir die nächtliche Ruhe durch Kettengerassel zu rauben, dürfen Sie bleiben. Ich heiße übrigens Lili. Das Alter haben Sie beinahe getroffen. Ich bleibe, Rufus. Und das noch lange!

Lili wartete auf eine Reaktion. Nichts geschah. Vielleicht war Rufus Wittgenstein junior nicht mehr da. Also ließ Lili das Spülwasser ablaufen und dachte über das Kompliment nach, das der Geist ihr gemacht hatte. Er fand sie hübsch. Können Geister etwas hübsch finden?, überlegte sie. Sicher war das möglich, sonst hätte er es nicht geschrieben. Warum kann ich ihn bloß nicht sehen? Nur für einen Augenblick hätte sie es gerne gekonnt. Lili stellte sich einen hässlichen Mann vor, aber irgendwie kam das Bild nur undeutlich zustande. Das Spülwasser verschwand laut schlürfend im Abfluss.

Von draußen hörte sie, wie der Glockenschlag einer Kirchenuhr die Mittagsstunde verkündete. Lili beschloss, ein wenig die Gegend zu erkunden. Am Abend vorher hatte sie festgestellt, dass es in der Liliomstraße noch einige Häuser wie dieses gab. Ansonsten war die Gegend eher ein Wohnviertel, in dem es vorwiegend Mehrfamilienhäuser gab. Singend zog sie ein paar leichte Sommerschuhe an, schnappte sich eine Umhängetasche und ihre Geldbörse und verließ das Haus. Draußen stand die Julisonne im Zenit und schickte unerbittlich eine brütende Hitze nach unten.

Erleichtert atmete Rufus auf, als Lili das Haus verließ. Er hatte gelesen, was sie zu seinem Vorschlag zu sagen hatte und war empört. Einen regelrechten Schwall von Flüchen und Beschimpfungen hatte er ihr entgegen geworfen. Schließlich geriet Rufus ins Grübeln und fragte sich, wie es weitergehen sollte. Es war unmöglich, dass sie blieb. Aber wie sollte er sie loswerden? Und vor allem, wo war sie überhaupt hergekommen? Wie konnte es sein, dass sie sichtbar durch sein Haus lief, seine Einrichtung benutzte, ja, in seinem Haus wohnte, ohne dass er Einfluss darauf nehmen konnte? Warum sah sie ihn nicht? Und wie war es möglich, dass sie über das Schreiben in Kontakt treten konnten? Rufus war ja froh, dass es überhaupt eine Möglichkeit gab, auf sich aufmerksam zu machen. Er hatte von Gruselgeschichten gehört, in denen Geister mit Blut oder Ruß Nachrichten auf Wänden hinterließen. Ich benutze einen roten Filzstift, schoss es ihm durch den Kopf. Wie dem auch sei, ich muss herausbekommen, wie es zu dieser seltsamen, völlig irrealen Situation kommen konnte und einen Weg finden, diese Frau wieder loszuwerden.

Er setzte sich an den Küchentisch und schrieb: Es ist schön, dass Sie mir Ihren Namen genannt haben, so weiß ich wenigstens, mit wem ich es zu tun habe. Lili, das klingt wie ein Lied.

Also, liebe Lili, meinen Sie nicht auch, dass es eine äußerst seltsame Situation ist, in der wir uns befinden? Ich halte es deshalb für unbedingt notwendig, zu klären, wie es dazu gekommen ist, und vor allem, wie wir sie rückgängig machen können. Versetzen Sie sich doch mal kurz in meine Position, und versuchen Sie sich vorzustellen, wie ihr Verstand auf einen physikalisch unmöglichen Zustand reagieren würde. Ich habe zumindest seit gestern das Gefühl, dass mein Verstand mich verlässt. Die schlaflose Nacht kommt noch dazu. Sie sind einfach in mein Leben eingedrungen, und offensichtlich kann ich daran zunächst nichts ändern. Die einzige Möglichkeit, sich zu verständigen, scheint dieser Block zu sein. (Ich schreibe übrigens nicht mit Blut, falls Sie das denken, es ist ein billiger Faserschreiber.) Wir sollten deshalb versuchen, vernünftig miteinander zu reden. Bisher grenzt Ihr Verhalten, entschuldigen Sie, wenn ich das jetzt so sage, an das eines trotzigen Kindes. Vielleicht ist es ja möglich, dass Sie mir entgegenkommen, solange Sie hier in meinem Haus weilen. Ich habe nämlich eine Arbeit zu erledigen, bei der ich Störungen jeglicher Art nicht gebrauchen kann. Da ich Sie nicht hören kann, ist wenigstens die nötige Ruhe vorhanden. Aber der Umstand, dass Sie sich sichtbar in meiner Nähe bewegen, stört mich maßlos. Seit gestern Nachmittag habe ich nicht gearbeitet. Bis heute ist das sehr viel Zeit, die mir verloren gegangen ist. Wenn Sie schon hier herumgeistern müssen, könnten Sie sich ja wenigstens unsichtbar machen. In Büchern und Filmen funktioniert das zumindest immer. Außerdem würde ich gerne wissen, wo Sie herkommen und was Sie hier überhaupt tun. Irgendwo müssen wir einen Punkt finden, an dem wir mit unserer Suche nach der Ursache für dieses Phänomen beginnen können.

Rufus legte den Stift beiseite und rieb sich die Augen. Stöhnend stieg er die Treppe hinauf, ging ins Schlafzimmer und ließ sich auf sein Bett fallen. Wenige Minuten später war er tief und fest eingeschlafen.

Unermüdlich kreisten Lilis Gedanken um die Geschehnisse der letzten Stunden. Wer war dieser Rufus Wittgenstein? Sie konnte sich nicht an den Namen des Besitzers erinnern. Hatte sie ihn überhaupt gelesen, als sie den Mietvertrag unterschrieb? Sie wusste nur, dass er sich in Amerika aufhielt. Lili ging davon aus, dass es sich bei der unsichtbaren Person im Haus um jemand anderen handelte, denn ob man in Amerika ist oder nicht, das weiß man doch, dachte sie. Vor allem wusste sie nicht, wer von ihnen beiden das Recht hatte, zu bleiben. Er, der behauptete, seit seiner Geburt in diesem Haus zu leben, oder sie, die es ganz offiziell gemietet hatte. Vielleicht war sie einem Betrüger in die Hände gefallen, der geglaubt hatte, das Haus sei unbewohnt. Aber so wie es aussah, war es das ja auch gewesen. Lili war verwirrt. Sie kam an dem kleinen Laden vorbei, in dem sie am Tag zuvor ihre Besorgungen gemacht hatte. Kurz entschlossen betrat sie das Geschäft. Eine kleine alte Dame stand hinter der Theke und grüßte:

„Guten Tag."

„Guten Tag", erwiderte Lili. Sie überlegte einen Moment, was sie kaufen könnte und verlangte dann zweihundert Gramm geschnittenen Gouda. Die alte Frau lächelte und stellte die Schneidemaschine an.

„Sie sind neu zugezogen?", fragte sie freundlich.

„Ja, seit gestern", antwortete Lili.

„Wo wohnen Sie denn, wenn ich fragen darf?"

„Ein Stück weiter die Straße rauf." Lili beobachtete, wie die Alte sich anstrengte, den Käse zu schneiden. Das Schneideblatt schien stumpf zu sein.

„Ach ja, da steht doch das Haus von Professor Wittgenstein leer."

Lili zuckte unwillkürlich zusammen. „Ja, in dem Haus wohne ich", gab sie schnell zurück.

„Der kleine Rufus ist jetzt in Amerika. Schon seit vierzehn Tagen."

„Der kleine Rufus?", wunderte sich Lili.

„Na ja, klein ist er schon lange nicht mehr. Jetzt ist er Professor. Einen Lehrstuhl an irgendeiner berühmten Universität hat er bekommen. Für ein ganzes Jahr. Ich sage immer noch kleiner Rufus zu ihm, weil er schon als Kind zum Einholen herkam. Sehr freundlich und gut erzogen."

Die alte Dame packte den Käse in eine Papiertüte und reichte sie Lili. „Darf es sonst noch etwas sein?"

„Nein, danke. Das war's." Lili suchte in ihrer Geldbörse

nach dem passenden Kleingeld. „Sind Sie sicher, dass er jetzt in Amerika ist?", fragte sie nebenbei.

„Ja, ja, er hat sich ja sogar bei mir verabschiedet, bevor er abgereist ist. Ein sehr netter Mann, wirklich. Aber er hat ja nie eine Frau gefunden", erzählte die alte Dame, als sie das Geld entgegennahm.

„Ach, warum denn nicht?", horchte Lili auf.

„Weil er immer so viel arbeitete. Manchmal sah man ihn wochenlang nicht. ‚Eine Frau brauchst du, Rufus', habe ich zu ihm gesagt, ‚damit du mal auf andere Gedanken kommst.' Immer nur mit Formeln unterwegs, da staubt man ja ganz ein, oder? Aber davon wollte er nichts wissen. Gut sieht er ja aus. Aber verschlossen. Genauso, wie sein Vater es war."

Lili nahm ihr Wechselgeld entgegen. Es klimperte leise, als die Münzen in der Börse landeten. „Auf Wiedersehen", öffnete sie die Ladentür, „und vielen Dank!"

Eigentlich mochte Lili dieses Getratsche in Geschäften nicht. Trotzdem war sie dankbar für die Information, dass ihr Hausgeist und der Besitzer des Hauses den gleichen Namen trugen. Unglaubwürdig war, dass dieser Professor in Amerika sein sollte und gleichzeitig hier herumspukte.

„Professor für was?", drehte sie sich noch einmal um.

„Chemie und so", lächelte die alte Dame.

Entspannt schlenderte Lili die Straße entlang. Von Weitem konnte sie ihr Haus sehen, dessen Erdgeschoss hinter einer zwei Meter hohen Hecke verborgen lag. Sie stellte sich vor, wie hinter dem dichten Blattwerk ein kleiner Junge spielte. Mit einer Brille vielleicht. Lili dachte an ihren Bruder Pummel. Klein und dick, mit einer runden Nickelbrille auf der Nase, so einer war Rufus vielleicht auch gewesen. Aus Pummel war später auch ein gut aussehender junger

Mann geworden.

Lili öffnete das hohe Gartentor und ging durch den Vorgarten zum Haus. Der Makler hatte gesagt, dass einmal in der Woche ein Gärtner vorbeikäme, um die Anlage in Ordnung zu halten. Der Besitzer hatte dies so angeordnet. Lili war das nur recht, denn so brauchte sie sich nicht darum zu kümmern. Sie liebte Gärten. Von Gartenarbeit jedoch hatte sie genauso wenig Ahnung wie von den Pflanzen, die darin wuchsen. Sie kannte einfache Bäume wie Kastanien oder Tannen, und Sträucher wie Flieder und Rhododendron. Wobei sie die Tannen schon nicht mehr in Arten unterteilen konnte. Ging es um Blumen, so wurde es nach Rosen, Tulpen und Nelken schon schwieriger. Im Vorgarten und auf der Wiese hinter dem Haus von Professor Wittgenstein gab es unzählige Sorten Blumen. Lili konnte außer Löwenzahn, Marienblümchen und Butterblumen keine weiteren bestimmen. Sie war glücklich darüber, dass der Rasen nicht nach feiner englischer Art gestutzt war, sondern wie eine wild vor sich hin wuchernde Wiese über das gesamte Areal herrschte. Lili beschloss, über die Terrasse ins Haus zu gehen, besann sich aber, das Haus in Zukunft nicht mehr so der Öffentlichkeit zugänglich zu machen, wenn sie unterwegs war. Schließlich war sie jetzt verantwortlich für alles, was sich darin befand. Sie wollte Rufus fragen, was er davon hielt.

Drinnen war es angenehm kühl. Erst jetzt merkte sie, wie verschwitzt sie war. Sie ging kurz in die Küche und legte den Käse in den Kühlschrank. Anschließend stieg sie die Treppe hinauf. Im Schlafzimmer war es so frisch, dass sie im ersten Moment fröstelte. Sie öffnete die Balkontür und ließ die Sommerwärme herein. In der Ferne brummte ein

Rasenmäher. Nachdem sie ihre Kleider überall auf dem Boden verteilte hatte, ging sie ins Bad.

Rufus öffnete die Augen. Ein Blick auf den Wecker sagte ihm, dass es halb vier war. Er streckte sich, gähnte ausgiebig und setzte sich hin. Auf dem Fußboden lagen eine Jeans, ein T-Shirt, ein Damenslip und zwei Leinenschuhe - der eine direkt vor dem Bett, der andere vor der Balkontür.

Wie kann man nur so chaotisch sein? Rufus stand auf, bückte sich nach dem einen Schuh und fasste durch ihn hindurch. „Scheiße!", zischte er.

Die Tür zum Bad stand offen. Der Druck auf seine Blase war unerträglich. Eilig lief er hinein und stellte entgeistert fest, dass die Toilette besetzt war. Entnervt stampfte er nach unten zur Gästetoilette. „Nicht mal das Klo kann ich benutzen, wann ich will", fluchte er vor sich hin.

Nachdem Rufus sein Geschäft erledigt hatte, ging er in die Küche. Was er dort sah, machte ihn nicht fröhlicher. Überall befanden sich Dinge, die Lili an Ort und Stelle hatte liegen lassen. Eine Tasse Tee und der Zuckertopf standen mitten in seinen Büchern. Ein halb verzehrtes Käsebrot lag auf seinen zuletzt angefertigten Notizen. Rufus spürte, wie seine gereizte Stimmung in Wut umschlug. „So geht das nicht weiter!", schnaubte er empört.

Erschrocken zuckte er zusammen, als Lili die Küche betrat. Ohne zu zögern setzte er sich vor den Schreibblock, um ihr sofort gehörig die Meinung zu geigen, hielt jedoch inne, als er sah, dass sie während seines Mittagsschlafs nicht untätig gewesen war.

Rufus las: Sie haben recht. Wir müssen den Grund für diese Situation herausfinden. Rückgängig machen können wir sie sicher nicht, aber ich glaube, ich wäre genauso entnervt, wenn Sie mir ständig begegnen würden. Es tut mir aufrichtig leid, dass Sie so schlecht geschlafen haben. Ich konnte ja nicht ahnen, dass Sie dieselbe Seite beim Schlafen bevorzugen wie ich. Allerdings muss ich hierzu gleich sagen, dass ich nur auf der linken Seite einschlafen kann. Ich bin nicht gewillt, meine Schlafgewohnheiten Ihretwegen zu ändern. Da wir zwei erwachsene Menschen sind und scheinbar keine Geister, sollten wir uns auch dementsprechend verhalten. Im Normalfall müssten wir uns ja auch miteinander arrangieren, oder? Ich weiß nicht, woran Sie arbeiten, Herr Professor, aber dass ich Sie durch meine Anwesenheit davon abhalte, tut mir ebenfalls leid. Was kann ich dafür? Ich weiß ja nicht, wo Sie arbeiten. Vielleicht sollten wir uns das Haus teilen. Der eine lebt oben, der andere unten. Was die Küche betrifft, könnten wir bestimmte Zeiten aushandeln, wer sie wann betreten darf. Wäre das eine Idee? Denken Sie bitte darüber nach.

Für einen Augenblick verlor Rufus jeden Glauben an sich selbst. Eigentlich war er ein ruhiger, herzensguter Mensch, der mit allen anderen seiner Spezies hervorragend auskam, jetzt jedoch zweifelte er sehr, ob nicht in all den Jahren des Alleinseins die eigentliche Bestie in ihm nur geschlummert hatte, um an diesem Tag all das, was er über Selbstbeherrschung wusste, zu widerlegen. Rufus schrieb: Mal ganz im Ernst. Sie sind kein normaler Mensch, eher ein Scheusal. Wäre da nicht die Tatsache Ihres physikalischen Zustandes, würden Sie mir allen Grund geben, einen unüberlegten Mord zu begehen. Und schon wieder spielen Sie sich als trotziges Kind auf. Hat man Sie antiautoritär erzogen? Zudem sind Sie völlig naiv. Wie können Sie ernsthaft glauben, ich ließe mich darauf ein, das Haus – mein Haus! …

Lili beobachtete, wie die beiden Worte mehrmals nachgezogen wurden. Wie viel Feuchtigkeit kann das dünne Papier vertragen, bevor es reißt?, fragte sie sich.

… mit Ihnen zu teilen? Das ist ja wohl das Letzte! Wenn ich die Möglichkeit hätte, würde ich Sie achtkantig rauswerfen. So, wie Sie mit unserer Situation umgehen, scheinen Sie höchstens zehn Jahre alt zu sein.

Das sagten Sie bereits … erschien es vor Rufus' Augen.

Setzen Sie sich gefälligst neben mich, wenn wir schon dasselbe Papier benutzen. Sie sitzen genau da, wo ich sitze. Damit es ein für alle Mal klar ist: DIES IST MEIN AR-BEITSPLATZ!

Lili kam der Aufforderung sofort nach und blickte erschrocken dahin, wo sie Rufus vermutete.

Na also, es geht doch. Und jetzt entfernen Sie bitte diesen blöden Zuckertopf von meinen Unterlagen, damit ich nicht ständig hindurch schreiben muss.

Lili tat wie ihr geheißen und schob den Zuckertopf beiseite.

Nein, jetzt steht er auf meinem Buch. Bitte entfernen Sie alles vom Tisch. Auch die Tasse, bevor sie noch umkippt.

Wenn sie umkippt, kann Sie bei Ihnen doch keinen Schaden anrichten.

Wer weiß, vielleicht doch. Woher wissen Sie, dass ich Professor bin?

Ich weiß noch mehr über Sie. Zum Beispiel, dass Sie vor vierzehn Tagen nach Amerika geflogen sind, um einen Lehrstuhl an einer berühmten Uni zu übernehmen. Sie arbeiten zu viel und sind unverheiratet und …

… Wenn alle Frauen so wären wie Sie, dann wüsste ich

jetzt, warum ich bisher auf die Ehe verzichtet habe. Wer hat Ihnen das alles erzählt? Sie sind doch erst seit gestern hier.

Eine nette alte Frau in dem kleinen Lebensmittelladen um die Ecke.

Frau Pieske, die Tratschtante Nummer eins im Viertel. Man muss nicht alles glauben, was sie erzählt.

Wieso? Hat sie gelogen?

Nein.

Sie hat von Ihnen erzählt wie von einem kleinen Jungen. ‚Den kleinen Rufus‘ hat sie Sie genannt.

Das macht sie immer. Sie hat sich nie daran gewöhnen können, dass aus mir ein Mann geworden ist. Hat sie noch mehr erzählt?

Nein. Pause. Lili wartete darauf, dass Rufus etwas schrieb.

Er betrachtete die Frau neben sich. Also – wo werden Sie Ihre Nächte verbringen?

Du meine Güte, Sie sind aber hartnäckig. Na gut, ich versuche es mal mit der rechten Seite.

Warum nicht gleich mit einem Bett im Gästezimmer?

Ach, ich dachte, das seien Kinderzimmer.

Ich habe keine Kinder.

Es ist schon viel verlangt, dass ich die Seite im Bett wechseln soll. In ein anderes Zimmer ziehe ich nicht.

Eine ganze Weile geschah nichts. Rufus nutzte die Pause, um die Frau erneut zu studieren. Sie kratzte sich am Kopf. Ihre kurzen Haare lagen wirr durcheinander. Darauf krabbelte eine kleine Spinne. Rufus schrieb: Auf Ihrem Kopf krabbelt eine Spinne. … und realisierte sofort, dass er dies besser nicht getan hätte.

Wie von der Tarantel gestochen sprang die Frau auf und

wirbelte sich mit den Händen durchs Haar. Sie machte das so schnell und wild, dass die Hände dabei verschwammen. Plötzlich hielt sie inne und rührte sich nicht. Angespannt setzte sie sich wieder hin und kritzelte: Ist sie weg?

Ja. Eine sehr amüsante Art und Weise, sich eines so harmlosen Tierchens zu entledigen, finde ich. Das war bühnenreif. Vielleicht hätte ich vorher sagen sollen, dass es sich um ein besonders kleines Exemplar handelt. Sozusagen winzig.

Sehr witzig. Kommen wir jetzt zum Thema zurück?

Gut. Ihr Vorschlag, sich das Haus zu teilen, ist völliger Blödsinn. Und die Küchennutzung zeitlich zu begrenzen, halte ich für eine noch blödere Idee, weil ich praktisch den ganzen Tag darin arbeite. Vielleicht ist es möglich, sich den Tisch zu teilen, wenn Sie Ihre Mahlzeiten einnehmen. Zwei Drittel für mich, ein Drittel für Sie.

Warum brauchen Sie mehr Platz?

Weil ich mindestens zehn Bücher um mich verteilt habe!

So viele? Was machen Sie damit?

Lesen.

Ach, hätte ich jetzt nicht gedacht.

Ich dachte, Ihre Intelligenz reicht wenigstens aus, um eigene Schlussfolgerungen zu ziehen.

Sie sind unverschämt!

Entschuldigung – ich brauche die Bücher für meine Arbeit.

Was arbeiten Sie denn?

Ich verfasse ein Buch.

Wie, Sie auch?

Wieso auch?

Sind Sie Schriftsteller?

Nein, Chemiker.

Ach.

Ja.

Ich schreibe ebenfalls an einem Buch. Das heißt, ich fange gerade an. Oder besser gesagt, ich wollte damit anfangen, aber dann kamen Sie.

Wollen Sie behaupten, ich hätte Sie davon abgehalten, mit Ihrem Buch anzufangen? Wollten Sie darüber schreiben, dass Sie noch nie versucht haben, ernsthaft zu schreiben?

Nein, das war nur so ein Einleitungsgedanke.

Rufus konnte seinen Blick nicht von Lili abwenden. Die kleinen Sprenkel in ihren Augen schienen schnell herumzuspringen. Er schrieb: Wir müssen jetzt zu einer Lösung kommen. Ich habe noch einen riesigen Berg zu tun und Sie offensichtlich auch.

Also gut, ich werde Sie nicht weiter stören. Frohes Schaffen!

Die Frau erhob sich und verschwand aus der Küche.

Kapitel 3

Fünf Minuten später kam Lili mit einem Zollstock zurück und maß die Länge des Küchentisches. Mit einem Stück weißer Kreide zog sie einen geraden Strich quer über die gesamte Breite und markierte das kleinere Feld in Großbuchstaben mit ihrem Namen.

Rufus lächelte. Diese Handlung war ihm sympathisch. Zufrieden mit ihrem Werk verließ Lili die Küche, und als Rufus sicher war, dass er ungestört bleiben würde, beugte er sich wieder über seinen Notizblock und fing an, ihn mit chemischen Formeln zu füllen.

Lili hatte sich aus der Speisekammer eine neue Glühbirne geholt, um in der Werkstatt endlich für Licht zu sorgen. Nachdem sie die Birne in die Fassung gedreht hatte, betätigte sie den Schalter an der Wand. Sofort wunderte sie sich, dass Rufus diesen Raum als Werkstatt bezeichnete. Ihrer Meinung nach handelte es sich eher um ein Labor. Überall standen Fläschchen mit flüssigem oder pulverigem Inhalt herum. Unmengen von Reagenzgläsern und Erlenmeyerkolben, mehrere Bunsenbrenner, kleine Spatel aus Metall, Glasröhrchen mit Korkverschluss und diverse andere Dinge, für die Lili keinen Namen hatte, befanden sich auf einem riesigen Tisch an der Längsseite des Raumes. Zwei hohe Regale waren bis oben mit ähnlichen Gegenständen, unzähligen Aktenordnern und mehreren Stapeln Papier vollgestopft. In einer Glasvitrine entdeckte Lili Flaschen, auf denen deutlich ein Totenschädel abgebildet war. Sie war abgeschlossen. Aha, der Giftschrank, dachte sie.

Genau in der Mitte des Raumes stand eine Werkbank. Utensilien wie Zahnräder, Schraubenzieher, Metallfedern, ein Zifferblatt und ein Uhrgehäuse ließen unschwer darauf schließen, dass es sich um die Werkbank eines Uhrmachers handeln musste. Fein säuberlich, in Reih und Glied nebeneinander liegend, identifizierte Lili in der Mitte der Bank die Einzelteile einer Taschenuhr. Angefangen vom Gehäuse, dem größten Detail der Uhr, bis hin zum winzigsten Schräubchen, das Lili kaum mit bloßem Auge erkennen konnte, lagen unzählige Elemente vor ihr. Sie fragte sich, wie so viele Dinge in einem so kleinen Behältnis Platz finden konnten. Lange stand sie vor der auseinandergenommenen Uhr und betrachtete sie versonnen.

Aus einem ihr unerfindlichen Gefühl heraus wagte sie es nicht, die Teilchen zu berühren.

Erschrocken zuckte sie zusammen, als eine alte Kuckucksuhr über der Tür einen grauen, hölzernen und bereits etwas altersschwachen Vogel zum Vorschein brachte. Nach einem zaghaften Kuck blieb ihm das zweite lautlos in der Kehle hängen. Lili knipste das Licht aus und verließ das Labor. Auf dem Weg nach oben nahm sie aus der Speisekammer eine Dose Ravioli und eine Flasche Wein mit.

Ganz leise betrat sie die Küche und versuchte, so unauffällig wie möglich, am Tisch vorbei zu gehen. Wie bereits am vergangenen Abend bereitete sie auf dem Herd das Dosenmenü zu. Verstohlen beobachtete Lili den Tisch, konnte jedoch nichts Ungewöhnliches erkennen. Lediglich der Luftpostpapierblock und ihr blauer Filzstift lagen darauf. Unwillkürlich blickte sie dorthin, wo sie Rufus' Gesicht vermutete, entdeckte jedoch nur eine Fliege an der Wand. Rote Buchstaben erschienen auf dem Papier. Lili ging zum Tisch und las: Warum starren Sie mich an?

Entschuldigung, das war nur ein Versehen. Was tun Sie gerade?

Ich arbeite.

Haben Sie schon zu Abend gegessen? Ich mache Ravioli.

Und trinken meinen Wein.

Darf ich das nicht? Der Makler sagte, ich dürfe alles aufbrauchen, was vorhanden ist. Ich müsse allerdings dafür sorgen, dass die Speisekammer wieder voll ist, bevor Sie zurück sind.

Dann sollten Sie sich vorher erkundigen, was dieser Wein gekostet hat.

Wieso?

Er war ziemlich teuer.

Was heißt das?

Die Flasche kostete siebenundzwanzig Euro.

„Oh", erwiderte Lili verblüfft.

Wovon leben Sie eigentlich, wenn Sie eine noch unbekannte Schriftstellerin und Malerin sind? Gehen Sie arbeiten?

Nein, zurzeit nicht. Vor einem Jahr starb mein Großvater. Er hat uns allen etwas hinterlassen, und davon lebe ich momentan. So eine teure Flasche Wein war allerdings nicht eingeplant.

Wer ist „uns allen"?

Wie?

Uns allen. Ist das Ihre Familie?

Ach so, ja. Meine Geschwister und ich. Wir sind sieben.

Wenn Sie sich erlauben können, nur von Ihrem Erbe zu leben, dann muss Ihr Großvater ziemlich reich gewesen sein.

Er hat zumindest gewusst, wie er sein Geld anlegen musste, um daraus mehr werden zu lassen. So habe ich das auch gemacht, nachdem ich meinen Anteil bekam. Ich kann zwar noch nicht von den Zinsen leben, aber wenn ich mit meinem geplanten Budget gut haushalte, klappt das vielleicht in einem Jahr.

Rufus fuhr erschrocken zusammen, als Lili plötzlich aufsprang und zum Herd rannte. Die Ravioli waren angebrannt. Es qualmte aus dem Topf.

„Verdammt!", las er deutlich von ihren Lippen ab. Behutsam schöpfte sie die obere Schicht auf einen Suppenteller und setzte sich damit zurück an den Tisch.

Machen Sie öfter so schreckhafte Bewegungen?

Lili nickte und lachte. Sie schrieb: Mein Gedächtnis ist fürchterlich. Es gibt Dinge, die ich einfach vergesse. Das ist wie eine Krankheit.

Sie schlürfte die heißen Ravioli vom Löffel.

Ich bekomme auch Hunger, verkündete Rufus. Er stand auf, machte sich zwei Brote mit Wurst, goss sich ein Glas kalte Milch ein und setzte sich wieder neben Lili.

Guten Appetit, schrieb er.

Danke, kam es prompt zurück. Lili war bereits fertig mit ihrem Essen. Ich würde Sie gerne sehen können, setzte sie hinterher.

Warum?

Weiß nicht genau. Vielleicht fiele es mir leichter zu akzeptieren, dass Sie hier sind. Warum nennen Sie das Labor eigentlich Werkstatt? Es ist doch ein Labor, oder?

Mein Vater hatte dort früher seine Werkstatt. Es ist nur eine Bezeichnung.

War er Uhrmacher? Ich habe die Uhr gesehen, die auf der Werkbank liegt.

Haben Sie sie angefasst?!

Nein. Wäre das schlimm?

Ich weiß es nicht. Vielleicht. Nicht wirklich.

Das klang aber so. Hinter Ihrem Fragezeichen steht ein Ausrufezeichen. Das wirkt fast wie ein Verbot.

Vielleicht ist es das auch. Sie sollten die Werkstatt nicht betreten. Es gibt zu viel, das kaputtgehen könnte. Der Werktisch – mir wäre es lieber, sie gingen nicht mehr dorthin.

Irgendwie scheinen Sie davon auszugehen, dass ich Ihr Haus zerstören will. Ich mache schon nichts kaputt. Abgesehen von der Glühbirne gestern Abend.

Vielleicht könnten Sie sich auch abgewöhnen, alles stehen und liegen zu lassen, was Sie nicht mehr brauchen. Eine gewisse Ordnung halte ich für angebracht.

Entschuldigung. Lili räumte sofort ihren Teller in das Spülbecken. Anschließend öffnete sie unter Mühen die Flasche Wein.

Warten Sie! Ich hole mir auch eine Flasche, erschienen die Worte hastig auf dem Papier.

Rufus ging in den Keller und brachte für sich den gleichen Wein mit nach oben wie Lili. Vorsichtig öffnete er die Flasche und goss die golden schimmernde Flüssigkeit in ein Glas. Er füllte es nur bis zur Hälfte.

Zum Wohl.

Zum Wohl.

Er hat genau die richtige Temperatur.

Ich kenne mich mit Wein nicht aus. Aber er schmeckt sehr gut.

Es ist nicht schwer zu sehen, dass Sie sich mit Wein nicht auskennen, allein schon, weil sie keine Vorstellung von seinem Preis haben. Außerdem schwappt ihr Glas fast über. Man sollte ein Weinglas niemals zu voll gießen. Das Aroma muss sich entfalten können.

Für einen Moment saß Lili ganz still da. Entschuldigung, schrieb sie schließlich kaum erkennbar.

Rufus schmunzelte über diese humorvolle und zugleich amüsante Art der Mitteilung. Es war der Frau offensichtlich peinlich, dass sie sich nicht auskannte.

Nein, ich muss mich entschuldigen. Wie komme ich dazu, Sie belehren zu wollen. Erzählen Sie mir, was Sie gemacht haben, bevor Sie Ihre Erbschaft antraten.

Lili überlegte. Ach, alles Mögliche. Nach dem Abi bin

ich drei Jahre lang in der Weltgeschichte herumgereist und habe gejobbt. In England war ich Zimmermädchen in einer kleinen Pension, in Frankreich habe ich auf Bauernhöfen Ställe ausgemistet, in Spanien selbst gemachten Schmuck an Touristen verkauft, und in Neuseeland war ich ein Jahr lang Au-pair-Mädchen. Das war klasse. Im Anschluss habe ich an der Kunstakademie studiert. Nach dem Abschluss wusste ich nichts anzufangen, also jobbte ich wieder. Nebenbei malte und schrieb ich. Die Bilder verkaufte ich für einen Hungerlohn, und ein paar Kurzgeschichten konnte ich in einem Käseblatt veröffentlichen. Danach blieb ich einige Jahre in einem Schreibbüro hängen, bis mir vor einem Jahr der kleine Reichtum durch meinen Großvater beschert wurde. Und jetzt bin ich hier.

Sie sind viel herumgekommen. Das finde ich gut. Wieso hat es Sie hierhin verschlagen?

Es hat sich eben so ergeben. Ich wollte irgendwo hin, wo mich keiner kennt. Ich will endlich das tun, wozu ich schon immer Lust hatte.

Und das wäre?

Na ja, einfach so in den Tag hinein leben, ab und zu etwas schreiben. Und malen. **Lili leerte ihr erstes Glas Wein.** Aber das ist gar nicht so einfach, wie ich dachte.

Vor allem auf Dauer etwas langweilig, oder?

Überhaupt nicht. Irgendeine Beschäftigung finde ich immer.

Wäre ich an Ihrer Stelle, würde ich nicht auf eine sinnvolle Tätigkeit verzichten wollen.

Ist das, was Sie tun, sinnvoll?

Aber natürlich. Ich bin in der Forschung tätig. Ich habe verschiedene Mittel entwickelt, die zur Heilung bestimmter

Krankheiten dienen. Das letzte hat mir dazu verholfen, dass ich ein ganzes Jahr zu Hause an einem Buch über meine Forschung und deren Ergebnisse arbeiten kann.

Schreiben will ich auch, aber mein Problem ist der Anfang. Ich habe das Gefühl, dass der Anfang das Wichtigste ist, wenn man schreibt, aber leider kann ich das, was ich mir ausdenke, oft nicht in Worte fassen und bin deshalb selten über den Anfang hinausgekommen. Die Geschichten sind fertig, aber den Einstieg bekomme ich nicht hin. Manchmal frage ich mich, ob ich das Schreiben nicht besser sein lassen und nur noch malen sollte.

Wäre das so schlimm? Vielleicht müssen Sie gar nicht schreiben. Zu malen – reicht das nicht?

Doch, das ist richtig, aber ich werde das Gefühl nicht los, dass ich schon lange stehen geblieben bin. Das Malen liegt mir wirklich sehr am Herzen. Aber es reicht nicht, um voranzukommen. Lili merkte, wie ihr der Wein zu Kopf stieg. Sie ignorierte, dass sie ihr Glas bereits doppelt sah und schenkte sich ein weiteres ein. Erzählen Sie mir etwas von sich, ermunterte sie Rufus und wartete. Er sah sie an.

Was soll ich Ihnen erzählen? Ich bin Chemiker, das wissen Sie bereits. Und ich lebe hier alleine. Was genau wollen Sie wissen?

Na, hören Sie mal. Zum Beispiel, was Sie sonst noch so tun. Ihre Arbeit wird sicher nicht das Einzige sein, was Sie zu Ihren Erlebnissen zählen, oder?

Also, wenn ich ehrlich bin - doch. Rufus war froh, dass Lili ihn jetzt nicht sehen konnte, sonst hätte sie mit Sicherheit seine Verlegenheit bemerkt.

Das ist nicht Ihr Ernst! Sie können mir nicht erzählen, dass Sie immer nur arbeiten. Sie haben doch bestimmt

Freunde, oder wenigstens eine Freundin. Ein Hobby oder so. Lili wartete auf eine Antwort. Was ist?, bohrte sie, als auch nach mehreren Minuten keine Reaktion kam.

Rufus hatte keine Lust, sich über dieses Thema weitere Gedanken zu machen. In einem Zug leerte er das dritte Glas Wein und teilte ihr mit: Ich bin sehr müde und werde jetzt ins Bett gehen. Wir können morgen weiterreden. Gute Nacht, Lili.

Er verließ die Küche und schleppte sich die Treppe hinauf. Im Schlafzimmer wurde ihm bewusst, dass es draußen gerade erst dämmerte. So früh war er schon lange nicht mehr ins Bett gegangen. Plötzlich tat es ihm leid, die Unterhaltung abgebrochen zu haben. Er fragte sich, warum er nicht einfach weitergeschrieben hatte. Natürlich pflegte er Freundschaften und Hobbys, in denen es meistens um wissenschaftliche Themen ging. Warum hatte er das nicht gesagt? Er hätte ihr ja nicht auf die Nase binden müssen, dass ihm vor allem Frauen schon häufiger gesagt hatten, er wäre mit seiner Arbeit verheiratet. Stattdessen war er wie ein Kind nach oben geflüchtet. Verärgert lag Rufus im Bett und fixierte mit seinem Blick die Zimmerdecke.

Die Reaktion ihres Gesprächspartners überraschte Lili. Das „Gute Nacht" war eindeutig. Schuldbewusst schrieb sie: Es tut mir leid. Ich wollte Sie nicht verletzen. Bitte seien Sie mir nicht böse.

Plötzlich begann sie zu heulen. Das zweite Glas Wein zeigte seine Wirkung. Sie wusste, dass es keinen Sinn hatte, in diesem Zustand schlafen zu gehen. Wenn ich mich jetzt hinlege, dreht sich alles, und dann muss ich mich wahrscheinlich übergeben, dachte sie. Stattdessen ging sie nach oben ins Schlafzimmer und suchte ihre Schuhe.

Verwundert beobachtete Rufus, wie Lili mit geröteten Augen durchs Zimmer wankte, als hätte sie eine ganze Flasche Wein getrunken. Er fand es bemerkenswert, dass sie offensichtlich mit sich selbst sprach, während sie auf der Bettkante sitzend ihre Schuhe anzog. Mehrere Sekunden vergingen, in denen sie einfach nur ruhig da saß und vor sich hin zu träumen schien. Ihr Haar war hinten kürzer geschnitten als auf dem Kopf, sodass es ihren Nacken nicht bedeckte. Ein wunderbarer Anblick, dachte Rufus und stellte verblüfft fest, dass er bis über beide Ohren in Lili verliebt war.

Taumelnd war Lili hinunter auf die Straße gegangen. Etwas unschlüssig sah sie sich zunächst um und folgte dann einfach ihrer Nase, bis sie nach einer Dreiviertelstunde auf einen See stieß. Es begann dunkel zu werden. Kein Mensch war zu sehen. Im dichten Schilf des Ufers gaben unzählige Frösche ihr Abendkonzert zum Besten. Lili war wieder nüchtern. Sie zog sich aus und ging an einer seichten Stelle vorsichtig in das kalte Wasser. Sie schwamm weit bis zur Mitte des Sees hinaus und ließ sich treiben. Wenn ich ertrinke, weiß es niemand, dachte sie. Der Himmel leuchtete blutrot. Direkt über ihr schwirrten ein paar Fledermäuse. Das Wasser wurde kälter. In kräftigen Zügen schwamm sie ans Ufer zurück. Sie fröstelte, als sie hastig in ihre Kleider schlüpfte. Ein plötzliches Glücksgefühl überkam sie. „Wie gut, dass ich das Haus gemietet habe", freute sie sich laut. „Mit einem Fahrrad brauche ich keine fünfzehn Minuten hierher." Eine Melodie vor sich hin summend wanderte sie langsam zurück.

In der Küche brannte Licht. Sie hatte vergessen, es auszuschalten. Bis tief in die Nacht saß sie am Küchentisch und schrieb einen Brief an ihre beste Freundin. Sie tat dies nicht am Computer per E-Mail, sondern mit ihrem blauen Filzstift auf weißem Briefpapier, das sie mitgebracht hatte. Lili liebte es, noch wie früher mit einem Stift auf schönem Papier Briefe zu schreiben, anstatt die moderne elektronische Version vorzuziehen, wie es die meisten ihrer Freunde inzwischen taten. Außerdem war aus dem Mietvertrag hervorgegangen, dass es im Haus des Professors sowieso keinen Internetanschluss gab, und da sie für ihr Vorhaben, zu schreiben, keine Elektronik brauchte, hatte sie ihren Computer ganz bewusst zu Hause gelassen. Die besten Gedanken kamen ihr immer, wenn sie Papier vor sich sah. Mit der Hand verschrieb sie sich nicht und ihr Schreibfluss stimmte mit ihrem Gedankenfluss überein. Sobald sie einen Text am Rechner schreiben wollte, wurden ihre Gedanken schon alleine dadurch gestoppt, ständig Tippfehler korrigieren zu müssen. Vor allem aber fand sie, dass das Starren auf einen Bildschirm überhaupt nicht mit dem Starren ins Leere zu vergleichen war.

„Wenn ich ins Leere starre", erklärte sie einmal einem Freund, „dann sehe ich alles genau vor mir. Da läuft ein Film, verstehst du? Wenn ich auf den Bildschirm starre und meinen Kopf anhebe, um meinen Blick zu erweitern, wird er von der weißen Wand dahinter aufgehalten."

In ihrem Brief erzählte sie von dem Haus, dem riesigen Garten und von der wunderbaren Schaukel. Sie beschrieb die Umgebung und schlug ihrer Freundin vor, demnächst doch mal zu Besuch zu kommen und mit ihr zusammen im See zu schwimmen. Rufus erwähnte sie nicht. Vielleicht würde sie es ein anderes Mal tun.

Kapitel 4

Unsanft rissen die schrillen Rufe der Mauersegler Rufus aus seinen Träumen. Er öffnete die Augen. Wie jeden Morgen schwirrten die wendigen Flugakrobaten in rasender Geschwindigkeit um das Haus herum, jedoch ohne dass er sie jemals durch das Fenster sehen konnte.

Lili lag neben ihm. Sie war tatsächlich auf die rechte Seite des Bettes umgezogen. Die Bettdecke befand sich zusammengeknüllt am Fußende. Lili schlief auf dem Bauch, das Gesicht Rufus zugewandt, das linke Bein leicht angewinkelt. Er betrachtete ihren Körper, der sich dunkel vom Weiß des Bettlakens absetzte. Rufus genoss den Anblick ihrer wunderbaren, leicht bronzen schimmernden Haut. Leise seufzend drehte Lili sich auf den Rücken, sodass sich ihre Brüste sanft bei jedem Atemzug hoben. Rufus fühlte seine Erregung. Ohne zu zögern befriedigte er sich und verfluchte sein Schicksal, in jemanden verliebt zu sein, den er nicht berühren konnte. Der Erguss war schnell und heftig, aber unbefriedigend. Vorsichtig legte er seine Hand dorthin, wo Lilis Brust sein müsste, zog sie jedoch schnell wieder zurück, weil er befürchtete, das Bild vor ihm könne zerplatzen wie eine Seifenblase.

Hart gegen sich selbst und seine Gefühle duschte er kalt. Später las er bei einem Kaffee Lilis Entschuldigung.

Ist schon in Ordnung. Sie haben im Grunde recht, es gibt nichts außer Arbeit. Es hat nie etwas anderes gegeben. Vielleicht erzähle ich Ihnen einmal davon, schrieb er und fuhr mit seiner Arbeit fort.

Zwei Stunden später kam Lili schlaftrunken in die Küche. Sie kochte Kaffee und las, was Rufus geschrieben hatte. Schnell kritzelte sie: Guten Morgen. Ich trinke nur kurz Kaffee und verschwinde dann, damit ich Sie nicht störe.

Guten Morgen. Danke.

Lili beeilte sich, ihren Kaffee zu trinken. Sie hatte beim Aufwachen Überlegungen darüber angestellt, was sie in diesem Haus eigentlich wirklich wollte. Durch das Gespräch am Abend vorher war ihr klar geworden, dass es nur das sein konnte, was sie schon zu Rufus gesagt hatte. Sie wollte das Leben genießen und einfach nur das machen, wozu sie Lust hatte. Lili dachte an ihre Malerei. Seit Jahren arbeitete sie schon an einem Zyklus, der bisher nur in Skizzen existierte. Hier in diesem Haus, im Wohnzimmer, wollte sie ihren Zyklus endlich in Farbe umsetzen.

Kurz entschlossen steckte sie ihre Scheckkarte ein und verließ das Haus. Der Fußweg zu der kleinen Tankstelle im Ort war nicht weit. Bei ihrer Ankunft hatte sie gesehen, dass man dort Autos mieten konnte. Sie lieh einen Kleinwagen für den ganzen Tag aus und bezahlte im Voraus.

Mit dem Auto brauchte sie nur etwa zwanzig Minuten in die Stadt. Lili kannte sich bestens aus, schließlich hatte sie dort ihr ganzes Leben verbracht. Jeden Winkel hätte sie mit verbundenen Augen gefunden. Kurz vor der Einkaufsstraße parkte sie den Wagen und lief geradewegs auf ihr Ziel zu, einen Laden, in dem jeder Kunde, der mehr als nur Buntstifte für seine Kinder kaufte, meistens ein kleines Vermögen zurückließ. So auch Lili. Nach zwei Stunden schob sie einen vollen Einkaufswagen zum Auto und füllte den Kofferraum mit einer neuen Grundausstattung an Aquarellfarben und Pastellkreiden, Pinseln, Töpfchen, großformatigen Papierbögen, Leinwänden und diversen anderen Dingen, die nötig waren, um vernünftig malen zu können. Vor allem bei der Staffelei hatte sie einfach nicht Nein sagen können; sie war verboten günstig. In ihrer alten Wohnung wäre zwar alles Nötige vorhanden gewesen, aber Lili spürte, dass es wichtig war, das Neue mit Neuem zu beginnen. Auf der Rückfahrt sang sie laut vor sich hin.

Glücklich stellte sie ihre Einkäufe zunächst im Flur ab. Mit Mühe schaffte sie es, den Teppich im Wohnzimmer zusammenzurollen. Sie platzierte die Staffelei in der Mitte des Raumes und stellte eine Leinwand darauf. Daneben schob sie ein kleines Tischchen, über das sie eines der weißen Tücher legte, die noch vor zwei Tagen die Möbel abgedeckt hatten. Akribisch bereitete sie die Farben und Pinsel vor, um im passenden Moment alles richtig zur Hand zu haben. Zum Schluss brachte sie das Auto zurück.

Den ganzen Vormittag verbrachte Rufus damit, einen Absatz zu bearbeiten, indem er ihn mindestens fünfzehn Mal umformulierte. Ein ums andere Mal verwarf er ihn und fand dennoch nicht die richtigen Worte, um das, was er erklären wollte, verständlich auszudrücken. Er konnte keinen klaren Gedanken fassen. Immer wieder drängte sich Lili in sein Bewusstsein, wie sie am Morgen neben ihm gelegen hatte.

Gegen Mittag legte er schließlich seinen Stift ab und ging

in den Garten. Die Hände in den Hosentaschen vergraben, schlenderte er über die große Wiese, die voller Gräser und bunter Blumen stand. Die Sonne brannte unerträglich heiß. Am Ende der Wiese betrat er ein kleines Wäldchen aus mehreren hochgewachsenen Tannen. Zwischen ihnen stieß er auf eine Holzbank, die seine Eltern in jungen Jahren dorthin gestellt hatten. Rufus setzte sich. Er fragte sich plötzlich, warum es ihm nie gelungen war, mit einer Frau zusammen dieses wunderbare Haus zu bewohnen. Es waren immer die Frauen gewesen, die das Thema zuerst angesprochen hatten. Er dagegen hatte sich bei dem bloßen Gedanken an eine Ehe sofort zurückgezogen. Nie hatte er sich dazu entschließen können, diesen Schritt zu tun. Keine seiner Freundinnen entsprach der Mutter, die er sich für seine Kinder wünschte, und so blieb er sein Leben lang alleine. Rufus hätte gerne Kinder gehabt. Oft stellte er sich vor, wie auf der Schaukel, auf der er so gerne dem Himmel entgegengeflogen wäre, seine eigenen Kinder säßen. Ihm selbst war immer schlecht geworden. Seinen Kindern wäre das vielleicht nicht passiert.

Er dachte an Gudrun, seine erste Liebe. Später studierten sie zusammen. Sie hatte er heiraten wollen. Mit ihr wollte er Kinder haben. Aber dann traf sie einen anderen. Was Gudrun hatte, das ihm bei anderen Frauen fehlte, konnte Rufus nie herausfinden. Und Lili?, fragte er sich. Warum verliebe ich mich in eine Frau, die vielleicht gar nicht existiert? Er sah nach oben, als wollte er den Himmel um Antwort bitten. Schließlich fasste er sich ein Herz, Lili von seinen Gefühlen zu schreiben. Vielleicht heute Abend bei einem Glas Wein, dachte er.

Am frühen Nachmittag war Lili zurück. Müde, aber zufrieden stieg sie die Treppe hinauf und ließ ihre Kleidung auf dem Weg zur Dusche einfach fallen. Mit Behagen genoss sie den kühlen Schauer auf ihrem verschwitzten Körper.

Rufus fuhr erschrocken zusammen, als Lili so unverhofft auftauchte. Er saß auf der Toilette. Durch die milchige Glasscheibe der Duschkabine konnte er den nackten Frauenkörper deutlich erkennen. Regungslos stand Lili einige Minuten unter dem prasselnden Wasserstrahl. Als sie aus der Dusche heraustrat, fürchtete Rufus, sie wolle sich den Kopf abreißen, so energisch rubbelte sie sich mit einem Handtuch die Haare. Sie standen ihr danach wild zu Berge. Rufus saß immer noch auf der Toilette.

Lili verließ das Bad durch die Tür zum Schlafzimmer. Nach einer Minute folgte Rufus ihr. Sie stand auf dem Balkon und blickte in den Garten. Das kurz geschnittene Haar fiel ihr wirr in die Stirn.

Rufus stellte sich neben sie. Ihm wurde heiß bei der Vorstellung, sie zu berühren und zu küssen. „Das halte ich nicht aus!", entfuhr es ihm. Entschlossen stapfte er nach unten in die Küche und begann zu schreiben: Liebe Lili, vielleicht mögen Sie mich jetzt für verrückt halten, aber ich habe mich offensichtlich in Sie verliebt. Beinahe krankhaft. Eigentlich ist es auch verrückt, wir haben ja noch nicht einmal miteinander gesprochen. Ich kenne Ihre Stimme nicht, aber ich stelle sie mir klar und tief vor. Ihr Lachen muss unglaublich betörend sein. Wenn ich Sie beobachte, ist es, als würde ich Sie schon lange kennen. Ihr Körper ist so grazil. Ein Körper, den ich gerne berühren möchte. Ich könnte Ihren Anblick stundenlang genießen. Noch nie zuvor habe ich einer Frau solche Dinge gesagt. Meine Möglichkeit beschränkt sich zwar leider auf die schriftliche Form, aber so ist es auch leichter. Wenn wir normale Verhältnisse hätten, könnte ich meine Gefühle auf ganz andere Art zeigen. Ich musste Ihnen davon erzählen. Mein Zustand ist vielleicht mit dem Beginn eines gebrochenen Herzens zu vergleichen. Verzeihen Sie mir, aber ich hoffe tatsächlich, dass Sie meine Gefühle irgendwann erwidern. Rufus schrieb nicht weiter, weil Lili die Küche betrat.

Sie ging zum Brotkasten, nahm sich zwei Scheiben heraus und belegte sie mit Käse. Genüsslich kauend setzte sie sich und fing an zu lesen. Plötzlich begann sie seltsam mit den Armen zu fuchteln und nach Luft zu ringen. Sie hustete so heftig, dass Krümel aus ihrem Mund herausschossen.

Entsetzt sah Rufus sie an und musste hilflos abwarten, bis Lili sich wieder beruhigt hatte. Aus heiterem Himmel begann sie zu lachen, hielt sich die Hüften und wischte sich Tränen aus den Augen. Rufus wusste nicht, was in sie gefahren war, doch unwillkürlich lachte er mit.

Plötzlich wurde Lili todernst und sah ihn direkt an.

„Können Sie mich sehen?", fragte er.

Lili antwortete nicht. Stattdessen setzte sie sich wieder neben ihn und wischte einige Brotkrümel vom Papier. Nachdem sie zu Ende gelesen hatte, nahm sie ihren Stift: Entschuldigung, aber es war Zufall, dass ich mich ausgerechnet an der Stelle verschluckt habe, an der Sie mir schrieben, dass Sie in mich verliebt sind. Und gelacht habe ich wirklich nur über die Skurrilität dieses Zufalls. Ganz ehrlich! Zu Ihrer Verliebtheit – das ist eine sehr ernste Sache, finde ich. Es schmeichelt mir sehr, aber wie könnte ich Ihre Gefühle erwidern? Eigentlich ist es ja fast so, als wäre ich alleine im Haus. Nur unsere Korrespondenz erinnert mich daran, dass Sie möglicherweise existieren. Ich bin mir immer noch nicht sicher, ob ich mir Sie nicht nur einbilde. Vielleicht bin ich auf dem besten Wege, verrückt zu werden. Unsere Schreiberei ist für mich eher wie eine Brieffreundschaft aus nächster Nähe. Ich habe überlegt, eventuell nach Amerika zu schreiben, um Ihrem körperlichen Pendant über die hiesigen Geschehnisse zu berichten. Vielleicht hat Rufus Wittgenstein jr. ja eine plausible Erklärung dafür, warum sein „Geist" hiergeblieben ist. Ich weiß nicht, wie ich Ihnen bezüglich Ihrer Verliebtheit helfen kann. Ich bevorzuge im Allgemeinen die greifbare Version eines Menschen. Das Körperliche spielt für mich eine wesentliche Rolle in der Partnerschaft, verstehen Sie? Könnten Sie mir vielleicht eine nähere Beschreibung von sich geben, damit ich überhaupt eine ungefähre Vorstellung von Ihnen bekomme? Es würde mich schon interessieren, wie Sie aussehen. Ich gehe jetzt ins Wohnzimmer: arbeiten.

Lili stand auf und leerte zwei volle Gläser Leitungswasser, bevor sie die Küche verließ.

Rufus saß da und schaute ihr nach. Er hatte ihre Zeilen gelesen und war sprachlos. Was erwarte ich eigentlich?, fragte er sich. Klar kann sie sich nicht in mich verlieben. Sie braucht ein Bild. Braucht man ein Bild, um jemanden zu lieben? Brieffreundschaften ohne Foto – gibt es die? Rufus war verwirrt. Er dachte nach und schrieb: Ich bin 43 Jahre alt, 184 cm groß, schlank und habe kurz geschnittenes, dunkelblondes Haar, an den Schläfen grau.

Er stand auf und ging zu Lili ins Wohnzimmer. Überrascht stellte er fest, dass sie den Teppich aufgerollt hatte. In der Zimmermitte stand eine Staffelei, auf der Lili eine Leinwand mit weißer Farbe bearbeitete. Sie malt, dachte er. Interessiert sah er zu, wie sie mit einem Schwämmchen über die Leinwand fuhr, hin und her, bis die Farbe gleichmäßig auf der ganzen Fläche verteilt war. Anschließend legte sie den Schwamm beiseite und ging hinaus in den Garten.

Rufus folgte ihr. Wie unbefangen sie sich bewegt, dachte er. Aber sie weiß ja nicht, dass ich auch hier bin. Sie scheint es noch nicht einmal zu vermuten. Oder sie vermutet es und bewegt sich so, um mich zu reizen. Sofort schimpfte Rufus sich einen Narren.

Indessen nahm Lili auf der Schaukel Platz. Langsam begann sie, sich hin und her zu bewegen, immer höher. In ihrem Gesichtsausdruck spiegelte sich die Glückseligkeit eines Kindes, das noch nicht weiß, wie erschreckend und grausam das Leben sein kann.

Schnell lief Rufus zurück in die Küche. Er schrieb: Morgen kommen der Gärtner und die Reinemachefrau. Wir sollten uns nicht schreiben, solange die beiden hier sind. Vielleicht wäre es besser, Sie verließen das Haus bis 14 Uhr. Es könnte sein, dass ich nicht der Einzige bin, der Sie sehen kann.

Zufrieden darüber, dass er nun in Ruhe arbeiten konnte, beugte er sich entspannt über seine chemischen Formeln und schrieb den Passus vom Vormittag neu. Plötzlich fiel es ihm gar nicht mehr schwer.

Am frühen Abend legte Rufus den Stift beiseite und verließ die Küche. Im Wohnzimmer entdeckte er Lili vor ihrer Leinwand, auf die sie mit einem dünnen Pinsel feine grüne Striche zauberte. Sie malt mit Ölfarben, dachte Rufus, als er dicht bei ihrem Kopf über ihre Schulter schaute. Vergeblich versuchte er, Lilis Haaren einen Duft zu entlocken. Rufus erkannte sofort, was Lili gemalt hatte. Er sah den hinteren Teil seines Gartens, in dem auf der Wildblumenwiese seine Schaukel an zwei Seilen in der Luft zu schweben schien. Das Gerüst fehlte. Auf der Schaukel saß ein kleines Mädchen, das mit ihr durch die Luft schwang. Darunter schillerte in hundert verschiedenen Grüntönen die Wiese, auf der sich rote, gelbe und blaue Blüten tummelten. Rufus drehte sich um und sah nach draußen. Warum steht sie mit dem Rücken zum Garten?, fragte er sich. Wie kann sie wissen, wie die Wiese aussieht, wenn sie nicht hinschaut?

Lili legte den Pinsel in die Ablage der Staffelei und ging drei Schritte zurück. Mit kritischem Blick betrachtete sie ihr Werk. Langsam ging sie in die Hocke, stützte ihre Arme auf die Oberschenkel und verharrte minutenlang in dieser Stellung, ohne sich zu rühren. Verblüfft stellte Rufus fest, dass Lili weinte. Wie kleine Kristalle glitzerten ihre Tränen, als sie zu Boden fielen. Nach dem Auftreffen auf den Fußboden verschwanden sie im Nichts. Sich mit den Händen über ihr Gesicht wischend richtete Lili sich auf und verließ das Zimmer.

Rufus folgte ihr nicht. Stattdessen hockte er sich genau dorthin, wo Lili ausgeharrt hatte und betrachtete das Bild aus der gleichen Perspektive. Er konnte nicht finden, was sie zu Tränen gerührt hatte. Eher strahlte das Bild auf ihn eine gewisse Glückseligkeit aus. Vielleicht war sie gar nicht traurig, sondern glücklich, dachte er. Rufus konnte sich nicht erinnern, jemals vor Glück geweint zu haben. Verwirrt durch die ungewöhnlichen Gedanken, die ihn an diesem Tag beschäftigten, machte er sich auf den Weg zurück in die Küche.

Lili stand vor der Arbeitsplatte neben dem Herd und schälte Kartoffeln. Offensichtlich hatte sie vor, sich zum Abendessen etwas zu kochen.

Rufus setzte sich an den Tisch und betrachtete den Block. Abwechselnd in blauen und roten Zeilen, teilweise fast unleserlich auf das Papier geworfen, stand dort Lilis und sein Dialog. Total verrückt, dachte er. Geisterlili brät sich in meiner Küche ein Kotelett. Plötzlich hüpfte sie zur Seite und beäugte den Herd, als könne er beißen. Es dauerte einen Moment, bis Rufus verstand, dass Lili sich vor den Fettspritzern fürchtete. Mit einer Reibe schnippelte sie eine Karotte in hauchdünne Streifen und legte sie in Ahornsirup ein. Lecker, befand Rufus und lachte sich kaputt, als er sah, wie Lili beim Wenden des Fleisches ein Tuch um Arm und Hand wickelte. Irre.

Ihre Handgriffe beim Kochen gewährten Rufus einen kleinen Einblick in eine Welt, wie er sie noch nie betrachtet hatte. Etwas an dem Bild jedoch machte ihn stutzig - Lilis Bewegungen wirkten zuerst mechanisch, dann wurden sie rhythmisch, als bewegte sie sich im Takt zu einer Musik, die er nicht hören konnte. Er blickte zum Küchenschrank, auf dessen Ablagefläche ein altes Kofferradio stand. Das Lämpchen leuchtete nicht.

Nachdem Lili zwei geröstete Brotscheiben auf einen Teller gelegt hatte, bettete sie die Koteletthälften darauf. Zum Abschluss garnierte sie ihre Kreation mit den Karottenstreifen. Bereits die ersten Bissen in sich hineinschlingend, setzte sie sich Rufus gegenüber. Sie hatte sichtlichen Hunger, den sie mit einem Mahl belohnte, von dem Rufus gerne einmal gekostet hätte.

Wie ich mag sie das Fleisch durch, dachte er. Plötzlich

entdeckte er die Miniaturkopfhörer in Lilis Ohren und kurz darauf auch den winzigen MP3-Player, über den sie sich mit Musik berieseln ließ.

Nach dem Essen beschäftigte Lili sich damit, sowohl in der Küche als auch im Schlafzimmer ihre Unordnung zu beseitigen. Durch einen Blick auf den Block war ihr wieder eingefallen, dass der Gärtner und die Reinemachefrau am nächsten Morgen kommen würden. Lili war das nur recht. Sie hasste es, zu putzen. Eine Vorstellung davon, wie man einen Garten pflegt, hatte sie zwar, aber bei der Hitze war ihr das zu anstrengend. Herr Brenner und Frau Maruschke hatten einen Schlüssel.

Während Lili aufräumte, kreisten ihre Gedanken ständig um die Korrespondenz zwischen ihr und Rufus. Einerseits amüsierte es sie, dass Rufus in sie verliebt war, auf der anderen Seite machte es sie traurig, weil es viel einfacher wäre, könnten sie direkt miteinander sprechen. Aber das ist vielleicht der Reiz an der Sache, überlegte Lili. Schreibt man, drückt man sich automatisch präziser aus, weil Tonfall, Gestik und Mimik zum Verständnis fehlen.

Später, als Lili fertig aufgeräumt hatte, ging sie zurück in die Küche und holte die halbe Flasche Wein vom Vorabend aus dem Kühlschrank. Rufus, der sich inzwischen auch eine Kleinigkeit zu essen gemacht hatte, setzte sich mit seiner ebenfalls angebrochenen Flasche an den Tisch. Er nahm den Block und schrieb: Ich habe Ihnen beim Malen zugesehen. Ihr Bild ist sehr schön. Aber warum haben Sie geweint? Rufus wartete.

Nach einigen Minuten, in denen Lili still auf den Satz gestarrt hatte, erschien ihre filigrane Schrift: Meine Tränen hatten nichts mit Traurigkeit zu tun, kein Schmerz. Als Kind habe ich zu Hause im Garten stundenlang auf unserer Schaukel gesessen und davon geträumt, bis in den Himmel fliegen zu können. Hätten wir so eine Schaukel wie Sie gehabt, wären mir vielleicht Flügel gewachsen. Lili lächelte bei dieser Vorstellung. Das Erste, was ich tat, als ich in Ihren Garten kam, war, mich auf Ihre wunderbare Schaukel zu setzen. Ich fühlte mich plötzlich wie damals zu Hause. Die Sehnsucht nach diesem Gefühl hat mich nie verlassen. Manchmal tut es weh, und dann wünsche ich mir, einfach nur wieder die kleine Lili zu sein, die beim Schaukeln dem Quietschen der Ketten lauscht. Es klingt wie ein Geräusch aus einer anderen Welt. Nur Schaukeln machen das.

Ich kenne das Geräusch. Aber es gehört nicht in meine Kindheit. Darin hat nie etwas gequietscht.

Erzählen Sie mir aus Ihrer Kindheit? Wie war das, als Sie noch der kleine Rufus waren?

Was soll ich erzählen? Da gibt es nicht viel. Ich war als Kind sehr klein und schmächtig und trug eine Brille. Außerdem war ich entsetzlich schüchtern. Ich habe mich immer sehr zurückgezogen.

Du meine Güte, das Klischeebild des kleinen, pummeligen Professorchens?

Ich war nicht dick!

Lili malte ein zwinkerndes Smiley vor ihren nächsten Satz. Haben Sie Geschwister?

Nein.

Sie waren ganz alleine? Wie schrecklich.

Da waren noch meine Eltern.

Natürlich, aber das Haus ist groß. Da passen viele Kinder rein.

Ich bin Einzelkind. Bedauert habe ich das allerdings oft.

Ich kann mir gar nicht vorstellen, wie es wäre, ohne Geschwister aufzuwachsen. Wir waren sieben, dazu meine Eltern und unser Großvater. Es war sein Haus, in dem wir lebten, aber es war lange nicht so groß wie dieses. Als ich ganz klein war, gab es sogar mal eine Zeit lang nicht genügend Betten, also schliefen wir jeweils zu zweit in einem. Erst später, als wir größer waren und unsere Eltern mehr Auftritte hatten, bekam jeder sein eigenes Bett.

Waren Ihre Eltern Schauspieler?

Nein, Musiker. Vater spielte die Instrumente und Mutter war Sängerin.

Es war bestimmt immer viel los bei Ihnen.

Richtig. Vor allem am Wochenende, wenn alle zu Hause waren. Oder an Weihnachten. Das war am allerschönsten. Unter dem Weihnachtsbaum lag immer ein riesiger Berg von Geschenken. Bei einem Zehnpersonenhaushalt kein Wunder, oder? Als wir ganz klein waren, haben unsere Eltern das ganze Jahr über für Weihnachten gespart.

Lili blickte kurz zur Seite.

Ich werde sentimental. Alkohol vertrage ich überhaupt nicht. Erst zeigt sich die Sentimentalität, danach werde ich albern und zum Schluss wird mir übel. In der Regel bleibt es aber beim ersten oder zweiten Punkt.

Ist schon in Ordnung. Sie können ruhig weitererzählen. Es macht mir Spaß, diese Dinge zu erfahren.

Nein, jetzt sind Sie dran. Was haben Sie so gemacht, wenn Sie zu Hause waren?

Meistens habe ich in meinem Zimmer gesessen und gelernt.

Warum denn?

Weil mein Vater es so wollte. Er sagte immer, wenn aus mir etwas werden solle, dann müsse ich genug dafür tun. Aber meistens tat ich nur so, als ob ich lernte. Mein Vater war den ganzen Tag in der Werkstatt und hat Uhren repariert.

War er Uhrmacher?

Ja, tagein tagaus hat er sich mit Uhren beschäftigt und über die Ursache ihrer Zeitlosigkeit philosophiert, denn die meisten Uhren, die er reparierte, liefen nicht mehr. Ich wollte auch so ehrgeizig sein wie mein Vater, aber immer, wenn ich an meinem Schreibtisch saß, habe ich an andere Dinge gedacht. Gelernt habe ich nebenbei. Ich war so ein Kind, das sich schon im Alter von sieben lieber mit Themen der höheren Mathematik beschäftigte. Mir flog sozusagen alles zu. Rufus trank einen Schluck Wein. Sein Blick schien durch Lili hindurchzugehen, aber das konnte sie natürlich nicht wissen.

Beneidenswert, Mathe habe ich immer gehasst. In welchem der beiden Zimmer oben stand denn ihr Schreibtisch?

In keinem von beiden. Mein Zimmer ist hinter dem großen Bücherregal im oberen Flur versteckt.

Wird es nicht benutzt?

Nein.

Warum nicht?

Es hängt eine traurige Erinnerung daran.

Lili sah in die Richtung, in der sie Rufus vermutete. Erzählen Sie mir davon?

Ich habe noch nie jemandem davon erzählt. Warum sollte ich es jetzt tun?

Dann muss es eine sehr traurige Geschichte sein. Irgendwann müssen Sie sie erzählen. Manche Geschichten sollte man wenigstens mit einem Menschen teilen, damit sie einen nicht erdrücken.

Sie wird aber nicht heute erzählt.

Schade.

Draußen begann es zu dämmern. Die Hitze des Tages lag wie ein schweres Gewicht über der Welt. Lili kritzelte: Ist es bei Ihnen auch so heiß?

Wie im Backofen.

Aus dem plötzlichen Gefühl heraus, das Gespräch auf dem blauen Papier könnte in der nächsten Zeit ziemlich schleppend weitergehen, notierte sie kurz: Ich gehe noch etwas spazieren. Und schon war sie aus der Küche verschwunden.

Kapitel 5

Der nächste Morgen begann für Lili mit der schlagartigen Erinnerung, dass der Gärtner und die Putzfrau kommen würden. Rasch ging sie hinunter in die Küche und kochte Kaffee. Auf dem Tisch lag der Block. Sie sah sofort, dass Rufus während ihrer Abwesenheit noch viel geschrieben hatte. Lili hingegen hatte den Abend kurz entschlossen bei ihrer besten Freundin in der Stadt verbracht und war nach drei Bieren sichtlich erschöpft mit dem letzten Bus zurückgekehrt.

Sie setzte sich mit ihrem Kaffee vor das Papier und blätterte. Mehrere Seiten waren gefüllt mit winzigen roten Buchstaben, deren Aneinanderreihung in Lilis Augen wie chemische Formeln wirkte. Ein loses Blatt Papier lag zuoberst.

Lesen Sie bitte erst, wenn Sie das Haus verlassen haben. Am besten befindet sich der Block gar nicht erst hier, solange Herr Brenner und Frau Maruschke da sind. Es sollte nichts darauf hindeuten, dass außer mir noch jemand anwesend sein könnte. Frau Maruschke ist ausgesprochen neugierig. Ich habe sie früher mal dabei erwischt, wie sie in meiner Privatpost schmökerte. Übrigens brauchen wir einen neuen Block. Dieser ist fast verbraucht.

Nervös sah Lili auf die Uhr. Es war schon spät. Sie verstaute den Block und ihren blauen Filzstift in einer Ledertasche. Dazu steckte sie einen Skizzenblock, Bleistifte, zwei Flaschen Wasser und zwei Schokoriegel. Sie riss das vorletzte Blatt vom Block und schmierte darauf: *Bin bis nachmittags außer Haus. Herzliche Grüße, Lili Robinson.* Kritisch betrachtete sie ihre Nachricht und schrieb die gleiche Notiz noch einmal in sauberer Schrift auf das letzte Blatt. Besser, dachte sie, trennte das Papier von der Pappe, schnappte nach ihrer Tasche und klebte den Zettel auf dem Weg nach draußen an die Haustür. Den anderen vergaß sie auf dem Küchentisch.

Lilis Ziel war der kleine See, den sie vor zwei Tagen entdeckt hatte. Bei Tageslicht wirkte er viel größer. Bäume und dichtes Gestrüpp säumten das Ufer auf der rechten Seite. Links schaute Lili in eine weite, grüne Wiesenlandschaft. Auf der gegenüberliegenden Uferseite, kaum einen halben Kilometer entfernt, fuhren zwei Bauern mit ihren Mähdreschern durch goldgelbe Weizenfelder. Dichte Staubwolken folgten den großen Maschinen und hüllten das kahle Stoppelfeld dahinter ein. Lili suchte am Ufer eine passende Stelle, an der sie gemütlich sitzen konnte, nahm den Block und begann zu lesen.

Liebe Lili, ich gebe Ihnen recht, wenn Sie sagen, traurige Geschichten müssten erzählt werden. Es ist jedoch auch immer eine wichtige Frage, wem man sie erzählt. Wenn ich mich also entschließe, hier aufzuschreiben, was ich erlebt habe, so tue ich das vielleicht nur, weil ich weiß, dass wir uns niemals real begegnen werden.

Das versteckte Zimmer, das ich erwähnte, liegt hinter der Bücherwand im ersten Stock. Es ist winzig klein und bietet gerade Platz für ein Bett, ein Tischchen und einen kleinen Schrank. Obwohl zusätzlich zum Schlafzimmer noch zwei weitere Zimmer zur Verfügung standen, gaben mir meine Eltern dieses Zimmer, um die anderen beiden untervermieten zu können. Mein Vater verdiente als Uhrmacher nicht genug, um uns finanziell das bieten zu können, wovon er immer träumte, also nutzten sie diese Möglichkeit.

Soweit ich zurückdenken kann, wohnte ich in diesem Zimmerchen. Es hatte ein so winziges Fenster, dass ich auch im Sommer Licht machen musste, um tagsüber genügend sehen zu können. Vor dem Fenster stand ein kleiner Sekretär, an dem ich meine Hausaufgaben machte. Ich erwähnte ja schon, dass ich viel lernen musste. Mein Vater wollte, dass aus mir mal etwas Besonderes wird, also schickte er mich in mein Zimmer, damit ich mich „auf meine Zukunft vorbereiten" konnte, wie er es nannte. Ich hasste ihn dafür. Er saß den ganzen Tag unten in der Werkstatt und arbeitete, und ich saß den ganzen Tag oben an meinem Schreibtisch und träumte. Ich träumte davon, mit anderen Kindern zu spielen, aber ich kannte keine. Schon in der Grundschule hatte ich das Problem, dass mich niemand mochte, weil ich bereits alles wusste, was es zu lernen gab. Ich verstand nicht, warum man Jahre damit zubrachte, die einfachsten Dinge zu lernen, wenn das doch auch in ein paar Wochen ging. Erst später, als ich schon längere Zeit auf das Gymnasium ging, begriff ich, dass die anderen nicht dumm waren, sondern ich besonders befähigt. Leider hatte ich meinen Ruf als Streber, mit dem man nichts zu tun haben wollte, bereits in der Tasche, und so blieb ich weiterhin alleine.

Schon als ich noch ein kleiner Junge war, hatten meine Eltern kaum Zeit, mit mir zu spielen. Vater beschäftigte sich mit seinen Uhren, Mutter putzte, kochte und wusch für uns und die Untermieter. Also bauten meine Eltern die Schaukel im Garten, damit ich mich nicht langweilte. Leider wurde mir sofort übel, und ich übergab mich in hohem Bogen, als ich das erste Mal auf der Schaukel saß und sie mich anschubsten. Seitdem habe ich mich nie mehr auf eine Schaukel gesetzt, können Sie sich das vorstellen? Ich blieb meistens in meinem Zimmer und lernte. Das Einmaleins, lateinische und englische Vokabeln; ich las Bücher über Geschichte, Physik und Chemie. Oft träumte ich davon, eines Tages ein berühmter Chemiker zu sein, der mit Vorliebe Schaukeln und Tannen in die Luft sprengte. Schaukeln deshalb, weil ich sie für nutzlos hielt. Tannen, weil darin Eulen wohnten, die nachts an die Fenster der Kinder flogen, um ihnen Albträume zu bringen. So eine Eule wohnte damals in der großen Tanne im Vorgarten. Wenn ich tagsüber am Schreibtisch saß, beobachtete ich die Tanne, aber die Eule schlief. Ich wusste das aus Büchern, die ich gelesen hatte. Doch abends, wenn es dunkel war und ich mein Licht gelöscht hatte, wusste ich, dass sie aufwachen, sich vor mein Fenster setzen und auf Beute warten würde. Manchmal fühlte ich sogar, wie sie mich mit ihren gelben, stechenden Augen durch die Scheibe anstarrte. Ich hatte Angst, aufzustehen und sie zu verjagen. Das Fenster war nachts immer geschlossen, auch im Sommer.

Ich lag in meinem Zimmer wie ein Gefangener. Hinter dem Fenster wartete die schreckliche Eule, und hinter der Tür lag der dunkle Flur, von dem ich glaubte, dass dort schreckliche Wesen hausten. Manchmal stellte ich mir vor, wie mein Zimmer aus dem Haus herausragte. Wie eine Geschwulst hing es nach außen, und ich war das Geschwulstküken, das ausgebrütet werden musste.

Die Nächte meiner Kindheit waren voller Ängste und Albträume, in denen überdimensionale Eulen mit ihren Klauen nach mir griffen. Mein Vater lachte, als ich ihn bat, die Eule aus der Tanne zu verjagen. Es sei nur ein kleiner Vogel, der versuche, zu überleben.

Als ich elf Jahre alt war, musste ich jeden zweiten Sonntag um fünf Uhr aufstehen, weil mein Vater mir das Angeln beibringen wollte. Stundenlang saßen wir am Kiesgrubensee und warteten darauf, dass ein Fisch anbiss. Währenddessen erzählte mein Vater mir alles, was er über das Angeln wusste. Er redete, und ich hörte zu. Natürlich sprach er auch über andere Dinge wie die Fische im Wasser, die Tiere im Wald und darüber, wie der Kreislauf des Lebens um uns herum funktioniert. Ich hasste es zwar, so früh aufstehen zu müssen, aber wenn Vater mir von der Natur erzählte, saß ich gerne mit ihm am See. Manchmal regnete es. Während seine tiefe Stimme neben mir Monologe säuselte, versuchte ich, die Regentropfen mit meiner Zunge aufzufangen. Vater hat das sehr gestört. Er schimpfte, ich solle auf das hören, was er sage. Niemand könne etwas erreichen, wenn er nur den Mund aufsperre, um Regentropfen zu fangen. Und mit jedem Tropfen trank ich die Worte, die er sprach.

Zu Hause an meinem Schreibtisch dachte ich nach, worüber mein Vater mir erzählt hatte. Ich las es in meinen Büchern, oder denen im Wohnzimmer nach, fand jedoch nichts, was dort anders geschrieben stand. Offensichtlich wusste mein Vater alles.

Ich frage mich gerade, was ich hier eigentlich tue. Ich schreibe Ihnen von Dingen, die Sie wahrscheinlich gar nicht interessieren. Alles klingt so banal, wenn ich es nachlese. So uninteressant. Trotzdem werde ich weiterschreiben, auch wenn ich nicht weiß, wohin mich das führt. Niemand wird es lesen, denn niemand existiert als Geist in meinem Haus. Ach Lili, wenn es Sie doch nur wirklich gäbe.

Eine Stunde später. Ich habe eine Kleinigkeit gegessen und trinke eine kühle Weißweinschorle.

Unter der Woche bekam ich meinen Vater tagsüber nur selten zu Gesicht. Wir trafen uns regelmäßig bei den Mahlzeiten, an denen auch die beiden Untermieter teilnahmen. Meistens war die Stimmung angespannt, und es wurde kaum ein Wort gesprochen. Ich hatte immer das Gefühl, die Gäste schlangen ihr Essen hinunter, um so schnell wie möglich wieder verschwinden zu können. Fünfzehn verschiedene Untermieter lernte ich während meiner Kindheit kennen, allesamt Studenten. Manchmal erlaubten sie mir, ihre Bücher zu lesen. Mit Dreien spielte ich regelmäßig Schach und gewann fast immer. Einer, ein angehender Ornithologe, brachte mir alles über Eulen bei. Allerdings kam er erst ins Haus, als ich bereits siebzehn war und mir nicht mehr so häufig Gedanken über meinen nächtlichen Besucher machte.

Gelegentlich besuchte ich meinen Vater nach dem Mittagessen in seiner Werkstatt. Wenn ich das tat, durfte ich kein Wort sagen. In der Werkstatt herrschte ein diffuses Licht. Die Kellerfenster waren verdunkelt, und lediglich am Arbeitstisch brannte eine kleine Lampe, die genau den Platz beleuchtete, den er benötigte, um alles an der Uhr erkennen zu können, mit der er gerade beschäftigt war. Ich liebte diese Situationen, weil Vater die Angewohnheit hatte, in meinem Beisein zu reden, genauso wie beim Angeln am See. Seine Stimme bekam einen ruhigen, noch tieferen Ton als sonst, der mir sagte, dass er an sich ein netter Mensch war. Wenn er so redete, wusste ich, dass es ihm gut ging - obwohl er eigentlich nicht mit mir sprach, sondern zu sich selbst. Ich erinnere mich an viele dieser Selbstgespräche. Es waren seine innersten Gedanken, die er mir auf diese Art mitteilte. Sehr oft ging es um die Zeit, denn Zeit war das Wichtigste in seinem Leben. „Das Leben wird in Zeit gemessen", sagte er. Die Arbeit an den vielen kleinen Uhren gab ihm das Gefühl, über Leben und Tod zu entscheiden. Das hatte etwas Magisches für mich. Eine Zeit lang glaubte ich, Vater sei ein Zauberer. Sein Ziel war, jede Uhr wieder in Gang zu bringen. Er wusste, wie lange sie noch laufen würde, was er mit der Lebenszeit gleichsetzte, die dem Eigentümer noch blieb. Wenn eine Uhr irreparabel war, machte ihn das traurig. Ich war damals sehr erstaunt darüber, dass er überhaupt traurig sein konnte. „Das Leben", sagte er, „alles Leben auf der Welt ist wie eine riesige Uhr, die immer und ewig zu ticken scheint. Wir Menschen sind die kleinen Räder, die das Leben in Gang halten. Es gibt immer hier und da einige Rädchen, die nicht funktionieren wollen. Sie werden aus dem großen Räderwerk herausgeholt und gegen neue Rädchen ausgetauscht, damit die Zeit nicht aufhört, das zu sein, was sie ist." Ich war damals zwölf. Es war das einzige Mal, dass ich es wagte, Vaters Monolog zu unterbrechen. Ich fragte ihn, was Zeit denn eigentlich sei. „Die Zeit, mein Junge, ist das Leben selbst. Im Gefüge des großen Ganzen ist jedes Lebewesen nur ein geringfügiger, verschwindend winziger Augenblick, den die meisten Menschen nicht sinnvoll zu nutzen wissen", antwortete er.

Danach veränderte sich etwas in mir. Plötzlich konnte ich meinen Vater als das, was er war, akzeptieren. Ich hatte mit meinen zwölf Jahren erkannt, dass er ein Philosoph war. Mit einem Mal verstand ich alles, was er mir vorher immer und immer wieder über das Lernen gesagt hatte. Ich begriff plötzlich, warum er mich so oft an meinen Schreibtisch geschickt hatte. Er hatte gewusst, dass ich dasitzen würde und nachdachte. Nicht das Lernen selbst war das, worum es ihm ging; Vokabeln, Rechtschreibung und mathematische Formeln waren nur ein geringer Teil des Ganzen. Es ging ihm darum, mir zu zeigen, dass es einen Teil in mir gab, durch den ich viel mehr lernen konnte. Ich liebte meinen Vater für diesen Augenblick und für alle anderen, in denen er mir seine Worte geschenkt hatte. Um es lyrisch auszudrücken: dem Spross begannen endlich Knospen zu wachsen. Mein Vater und ich, wir veränderten uns beide in der darauffolgenden Zeit. Ich begann, zum ersten Mal in meinem Leben, wirklich aus mir selbst heraus zu lernen. Meine Noten in der Schule waren die besten, auch ohne Vaters Aufforderung, mich auf den Hosenboden zu setzen. Er sah, was mit mir los war. Wenn wir sonntags mit unseren Angeln zusammen am See saßen, hörte ich auf, Regentropfen aufzufangen. Stattdessen philosophierten wir darüber, wie beruhigend das Angeln sein konnte. Es machte mir Spaß, ihm zu zeigen, dass ich mich an alles erinnerte, was er während unserer Ausflüge erzählt hatte.

Heute habe ich das Gefühl, die Zeit in den nächsten Wochen, Monaten, vielleicht Jahren hätte sich in die Länge gezogen wie ein endloses Gummiband. Dieses Gefühl kannte ich damals auch schon durch das stundenlange Sitzen und Träumen an meinem Schreibtisch, doch bisher hatte ich geglaubt, dass mein Vater derjenige gewesen war, der am Räderwerk der Zeit herumbastelte. Aber ich erkannte, dass auch er nur eines der vielen, winzigen Rädchen war, das auf ganz bestimmte Art und Weise versuchte, auf das Gesamtwerk einzuwirken.

Diese Erkenntnis kam, als ich zwanzigjährig mit dem Tod meiner Eltern konfrontiert wurde. Es war vor allem der Tod meines Vaters, der mich traf wie eine Gewehrkugel. Plötzlich und laut. Dieses Ereignis riss eine so tiefe Wunde in mir, dass sie bis heute nicht verheilt ist. Die Lehre seiner Lebensphilosophie war für mich noch nicht beendet gewesen. Seitdem fühlt es sich für mich an, als fehle die letzte Seite in einem Roman. Das Ende bleibt ungewiss. Seit dem Tod meines Vaters ist Zeit das unwichtigste Detail meines Lebens geworden, das je existiert hat. Wie kann ich überhaupt sagen, dass Zeit existiert? Sie tut dies nur in den Gedanken derer, die auf Uhren angewiesen sind. Mein Vater konnte ohne Uhren nicht leben. Ich dagegen habe niemals eine gebraucht. Als ich zehn war, schenkten mir meine Eltern eine Armbanduhr, aber ich habe sie nie benutzt. Zeit war für mich immer das, was ich darin getan habe. Vater sagte, Zeit sei Leben. Ich glaubte damals, ihn verstanden zu haben, doch das hatte ich nicht. Erst jetzt wird mir klar, was er gemeint hatte. Zeit ist das, was im Moment mit mir geschieht. Sie kommt aus dem Nichts, füllt sich auf, sozusagen, in statu nascendi, sie entsteht und vergeht. Zeit existiert nur als Wort in der Vorstellung unseres Verstandes. Sie ist die Erinnerung an unzählige vergangene Mikro-Ereignisse. Wenn nichts mehr geschähe, gäbe es keine Zeit. Sie stünde nicht einmal still, sie wäre einfach nicht mehr.

Der Tod meiner Mutter kam plötzlich und unerwartet. Wir fuhren von einem Verwandtenbesuch nach Hause. Mein Vater saß am Steuer, neben ihm Mutter, und ich döste auf der Rückbank vor mich hin. Es war bereits nach Mitternacht, die Straße schlecht beleuchtet, und zudem war es nebelig. Plötzlich tauchte aus dem Nichts ein PKW auf unserer Fahrbahn auf. Mutter schrie, während Vater das Lenkrad herumriss. Unser Auto stieß mit voller Wucht frontal gegen einen Baum. Meine Erinnerungen setzen erst im Krankenhaus wieder ein. Ich war mit dem Gesicht gegen die Kopfstütze des Fahrersitzes geprallt und einige Stunden bewusstlos gewesen. Man sagte mir sofort, dass Mutter tot war. Der Zusammenstoß mit dem Baum hatte ihr das Genick gebrochen. Vater lag auf der Intensivstation. Er war durch die Windschutzscheibe aus dem Wagen geschleudert worden, weil er den Sicherheitsgurt nicht angelegt hatte. Fünf Stunden lang entfernten ihm die Ärzte Glassplitter aus Stirn und Augen, aber dennoch würde Vater für immer fast blind sein. Mehrere Tage befand ich mich in einem Dämmerzustand. Ich bekam Beruhigungsmittel, unter deren Wirkung ich mir nicht allzu viele Gedanken machen konnte. Ein halbes Jahr lang verbrachte Vater mehr Zeit in der Klinik als zu Hause. Mehrere Operationen waren erforderlich, um einen Rest Augenlicht zu retten. Als er jedoch endlich wieder zu Hause bleiben konnte, war er nicht mehr er selbst. Stundenlang saß er in der Werkstatt und dachte nach, während ich wieder meinem Studium an der Uni nachging. Wenn ich nach Hause kam, wusste ich, wo Vater zu finden war. Manchmal setzte ich mich zu ihm, so wie früher. Noch immer waren die Fenster verdunkelt und noch immer brannte nur die kleine Lampe an seinem Arbeitstisch. Aber Vater arbeitete nicht. Er würde mit seinen Augen nie wieder eine Uhr reparieren. Stumm saß er vor seinem Tisch und starrte ins Leere. Wenn ich bei ihm war, begann er zu reden, so wie früher. Er fragte sich, welchen Sinn sein Leben jetzt noch hätte, doch er fand keine Antwort. Seine Arbeit würde von nun an ein anderer erledigen. Außerdem brauche er nicht mehr für Mutter zu sorgen und ich stünde schon auf eigenen Füßen. Er sprach immer öfter davon, dass ich mich anstrengen solle, damit aus mir ein guter Chemiker werden würde.

Eines Morgens, als ich schon sehr früh zur Uni musste, saß Vater bereits in der Werkstatt. Er hatte offensichtlich die ganze Nacht dort zugebracht. Vor ihm auf der Werkbank lag seine eigene, zerlegte Taschenuhr. Ich fragte ihn, warum er sie auseinandergenommenen habe. Stück für Stück lagen ihre Teilchen fein säuberlich wie die Glieder einer Kette nebeneinander. Er habe die Unruh ausgebaut, sagte er. Anschließend weinte er. Ich hatte Vater nie weinen sehen, selbst, als Mutter tot war nicht. Auf dem Weg zur Uni beschloss ich, mir therapeutischen Rat zu holen. Der Unfall hatte zu schwere Folgen für ihn gehabt, mit denen er niemals alleine fertig werden würde.

Am frühen Nachmittag kehrte ich nach Hause zurück. Als Vater nicht in der Werkstatt war, lief ich beunruhigt durch das Haus und suchte ihn. Alles war ruhig. Die Stille über dem Haus ließ mich Schreckliches erahnen. Ich öffnete die Tür zu meinem Zimmer und lief in die Beine meines Vaters. In der Decke erkannte ich den Haken, an dem ich selbst als Kleinkind in meiner Schaukel gesessen hatte.

Ich stand wie versteinert in der Tür und starrte auf den toten Körper. Wie das Pendel einer Uhr bewegte er sich sanft hin und her. Ich glaubte, das Ticken hören zu können, wie es leise durch das ganze Haus ging. Ruhig und gefasst drehte ich mich um und ging die Treppe hinunter zu Vaters Werkstatt. Unverändert brannte die kleine Lampe am Werktisch. Minutenlang betrachtete ich die winzigen Rädchen, Bügel und Federn der Uhr.

„Ich habe die Unruh ausgebaut", vernahm ich seine Worte wie ein Echo aus weiter Ferne. „Ich habe die Unruh ausgebaut", immer wieder.

Geräuschvoll zog Lili die Nase hoch und wischte sich mit dem Handrücken ihre Tränen aus den Augen. Die verlaufene Tinte auf dem Papier verriet ihr, dass Rufus während der letzten Zeilen ebenfalls geweint hatte. Lili las weiter:

In der darauffolgenden Zeit kam ich durch die Beerdigung und die Erbschaftsregelungen kaum zur Ruhe. Ich erbte das Haus sowie einige Aktien, die Vater schon vor Jahren gewinnbringend angelegt hatte. Zuerst dachte ich, ich könne in dem Haus nicht bleiben, worin ich täglich mit dem Zimmer konfrontiert werden würde, in dem Vater gehangen hatte. Aber ich blieb. Ich zog in das Elternschlafzimmer und verbarrikadierte mein Zimmer mit einem Bücherregal, nachdem ich meine paar Habseligkeiten herausgeholt hatte. Seither habe ich es nicht mehr betreten. Vieles hat sich geändert im Laufe der letzten Jahre. So manches Möbelstück habe ich gegen ein neues ausgetauscht. Doch letztendlich erinnert mich noch immer so viel an früher. Mein Vorhaben, das Haus eines Tages zu verkaufen, habe ich schon tausend Mal verworfen, aber vielleicht tue ich es eines Tages doch. Wenn ich das Ticken im Haus nicht mehr ertragen kann. Er hat die Unruh zwar ausgebaut, aber ich höre es noch immer. Jeden Tag.

Hier endeten die Zeilen. Lili sah auf den See hinaus. Ihr Kopf war leer. Sie beobachtete den Mähdrescher, wie er unaufhörlich das Korn schnitt. Vor ihm hohes Getreide, hinter ihm ein leeres Feld. Sie hörte die Stimmen zweier Arbeiter, die fertige Strohballen auf einen Anhänger luden, der neben dem Mähdrescher von einem Traktor gezogen wurde. Das Geräusch der beiden Motoren zerschnitt die Worte der Menschen in kleine Fetzen. Lili erinnerte sich, dass sie als Kind auf so einem Anhänger mitgefahren war. Wie die Großen hatten sie und ihre Freundin die Strohballen aufgestapelt, bis sie so hoch waren, dass sie umzukippen drohten. Aus den Bändern, mit denen die Ballen gebunden wurden, hatten sie sich gelbe Zöpfe geflochten. Und wenn die Strohballen auf dem Heuboden in der Scheune eingelagert waren, spielten sie stundenlang in den riesigen Höhlen, die sie daraus gebaut hatten.

Lili nahm ihren Skizzenblock und zeichnete in schnellen und präzisen Strichen den See und seine Umgebung. Die Baumgruppe rechts, die weite, flache Landschaft links, das Schilf im Vordergrund und dazwischen zwei leicht vermoderte Holzpfähle, die aus dem Wasser ragten, als seien sie die Überbleibsel eines alten Stegs. Sie skizzierte den See aus verschiedenen Blickwinkeln, bis sie endlich ihr Zeichenmaterial einpackte und langsam in den Ort wanderte, um noch einige Besorgungen zu machen.

Im Supermarkt kaufte sie Lebensmittel und eine Zeitung.

Es interessierte sie, mit welchen Meldungen die Einheimischen hier berieselt wurden. Außerdem hatte sie seit Tagen nicht mehr mitbekommen, was in der Welt außerhalb ihres Idylls geschehen war. In dem kleinen Schreibwarenladen nebenan kaufte sie alle vierzehn Blöcke Luftpostpapier und bestellte noch einmal zwanzig. Wenn wir anfangen uns Romane zu schreiben ..., dachte Lili.

Zufrieden kehrte sie zurück. An der Haustür klebte ein weißer Zettel, auf dem in krakeliger Schrift stand: *Ich habe heute nicht viel im Garten zu tun gehabt. Nächste Woche werde ich den Rasen mähen. Bitte schalten Sie abends für eine Stunde die Sprenganlage ein, wegen der Hitze ist alles etwas vertrocknet. Gruß, Brenner.*

Kapitel 6

Rufus versank sofort in seinen Formeln, nachdem Lili das Haus verlassen hatte, und tauchte erst wieder daraus auf, als Frau Maruschke den Tisch abwischte, um ihm eine Tasse Kaffee hinzustellen. Den blauen Zettel, auf dem Lilis Nachricht für den Gärtner geschrieben stand, hatte er völlig übersehen. Doch der Putzlappen fuhr über das Papier, als wäre es fester Bestandteil des Tisches. Sie sieht es nicht, dachte Rufus erleichtert und bedankte sich für den Kaffee. Trotzdem beunruhigte es ihn heute, dass Frau Maruschke im Haus war.

Rufus erschrak fast zu Tode, als Lili früher als erwartet die Küche betrat. Frau Maruschke putzte gerade das Küchenfenster. Mit klopfendem Herzen beobachtete er, wie Lili Lebensmittel in den Kühlschrank legte, zum Getränkekasten ging und eine Flasche Wasser herausnahm. Rufus hielt die Luft an. Nachdem Lili getrunken hatte, öffnete sie das Fenster und stellte die halb leere Flasche auf die Fensterbank. Frau Maruschke polierte in aller Seelenruhe weiter die Glasscheibe. Offensichtlich nahm sie die Bewegungen neben sich nicht wahr. Erleichtert atmete Rufus weiter.

„Wenn Sie mit dem Fenster fertig sind, Frau Maruschke, können Sie für heute Schluss machen", sagte Rufus.

„Aber ich habe den Flur noch nicht gewischt", erwiderte sie.

„Machen Sie ihn nächste Woche", gab Rufus zurück, „ich bin ja im Moment nicht viel draußen."

Nach einigen Minuten glänzte der Fensterrahmen wie neu, und Frau Maruschke kippte das Putzwasser in den Ausguss eines kleinen Waschbeckens neben der Spüle. „So, das war's für heute. Nächste Woche kommen die Fenster oben dran", schnaufte die pummelige Frau, wischte sich die Hände an ihrer Schürze trocken und hängte diese an einem Kleiderhaken hinter der Küchentür auf. „Dann geh ich jetzt, Herr Professor."

„Ja, bis nächste Woche. Grüßen Sie Ihren Sohn." Rufus wartete, bis sie draußen war. Sofort nahm er einen Notizzettel und schrieb darauf in großen Buchstaben: Sie sind zu früh gekommen! Er hielt ihn Lili direkt vor die Augen. Sie reagierte nicht. Rufus fluchte und nahm sich vor, das Luftpostpapier auf seine Beschaffenheit hin zu untersuchen. Irgendetwas Besonderes musste es damit auf sich haben.

Lili zog einen Block aus ihrer Tasche. Es war der gleiche wie der, auf dem die beiden in den letzten Tagen miteinander korrespondiert hatten. Sie legte das Deckblatt um, doch noch bevor sie das erste Wort schreiben konnte, bildeten sich vor ihren Augen rote Buchstaben.

Sie sind zu früh zurückgekommen. Ich hätte fast einen Herzinfarkt bekommen.

Verwundert sah Lili in die Richtung, in der sie Rufus vermutete. „Wieso?", las Rufus an ihren Lippenbewegungen ab.

Weil Frau Maruschke noch hier war.

„Wer?"

Die Putzfrau.

„Ach!", sagte sie und schrieb:

Die hatte ich total vergessen. Der Gärtner hat eine Klaue wie ein Erstklässler. Ich konnte seine Schrift kaum entziffern.

Herr Brenner war gar nicht da. Er ist krank.

Echt? Sind Sie sicher? Bei mir hat er den Rasen gesprengt.

Ist ja irre. Wie kann das denn gehen?

Keine Ahnung. Frau Maruschke hat mich aber nicht gesehen, oder?

Dann säße ich jetzt nicht hier, sondern hätte wahrscheinlich das Problem, ihr Halluzinationen einreden zu müssen.

Glück gehabt.

Das kann man wohl sagen.

Es tut mir leid, dass ich vergessen habe, wann ich zurückkommen sollte. Meine blöde Vergesslichkeit hat schon einige Situationen katastrophal enden lassen. Dafür wissen wir jetzt wenigstens, dass Frau Maruschke mich nicht sehen kann. Ist das nicht komisch?

Finde ich überhaupt nicht. Ich finde unseren Zustand sogar ziemlich mysteriös, oder besser gesagt – kritisch. Das sollten Sie übrigens auch. Wenn wir auch nur ein Wort darüber zu jemandem sagen, erklärt man uns wahrscheinlich für unzurechnungsfähig!

Wieso? Wir könnten doch beweisen, dass die jeweilige Schrift wie aus dem Nichts erscheint, oder?

Sind Sie da sicher? Vielleicht nehmen nur wir das so wahr. Ihre Schrift ist in meiner Realität für andere nicht sichtbar, zumindest nicht für Frau Maruschke. Sie haben nämlich auch noch Ihren Zettel für Herrn Brenner hier liegen lassen. So viel zu Ihrer „blöden" Vergesslichkeit. Lili, wir sind wahrscheinlich vollkommen verrückt geworden. Krank und irre. Vielleicht ist es doch besser, Sie suchen sich eine andere Bleibe.

Was? Warum denn?

Weil Sie mich wahnsinnig machen!

Aber Rufus, wie kann ich das? Ich bin doch nicht wirklich da. Das heißt, natürlich bin ich da, aber nur als Bild für Sie.

Sie sind wirklich niedlich, Lili. Das ist eine sehr kindliche Vorstellung, finden Sie nicht? Als Bild alleine reichen Sie mir nicht, das ist es ja gerade, was mich wahnsinnig macht. Waren Sie noch nie in jemanden verliebt, der für Sie unerreichbar war? Rufus beobachtete, wie Lilis Gesicht langsam zu einer Maske erstarrte.

Sie blickte auf die Worte, die er zuletzt geschrieben hatte. Langsam und mit zitternder Hand antwortete sie: Doch!, legte den Stift hin und verließ sichtlich aufgebracht die Küche.

Rufus raufte sich die Haare. Ihm war bewusst, dass er etwas Falsches gesagt hatte. Er rief ihr hinterher, natürlich erfolglos. Beschwörend hob er die Hände über den Kopf und stieß einen heftigen Fluch aus. Schließlich schrieb er: Es tut mir leid! Ich wollte Sie nicht verletzen. Er stand auf und ging aus der Küche. Im Wohnzimmer fand er Lili, wie sie ihr Werk vom Tag zuvor betrachtete.

Nach einer Weile nahm sie das Bild, stellte es auf das rote Sofa und begann, mit einem Kohlestift zarte Linien auf eine neue Leinwand zu zaubern. Rufus erkannte die Umrisse einer menschlichen Gestalt.

Die Zeit, in der er am Küchentisch in seinen Unterlagen gelesen und sich Notizen gemacht hatte, kam Rufus vor wie eine Ewigkeit. Er zwang sich zu arbeiten und keinen Gedanken an die Erlebnisse der letzten Tage zu verschwenden. Später briet er sich zwei Spiegeleier. Er hatte gerade den ersten Bissen vertilgt, als Lili die Küche betrat.

Sie ging zum Kühlschrank und holte ein Päckchen Quark heraus. Auf einem Frühstücksteller zerdrückte sie eine Banane so lange, bis sich eine bräunliche, glitschige Masse bildete, die sie zusammen mit dem Quark verrührte. Lili tat das mit einer Routine, an der Rufus erkannte, dass Quark mit Banane eine ihrer Hauptmahlzeiten sein musste. Sie setzte sich an ihre Seite des Tisches und aß. Dabei blickte sie so unbeirrt in Rufus Richtung, dass er das Gefühl bekam, sie könne ihn tatsächlich sehen.

Er bemerkte die vielen kleinen Fältchen um ihre Augen. Plötzlich wurde ihm klar, dass diese Frau um einige Jahre älter sein musste, als er vermutet hatte. Es waren keine Lachfältchen, sondern jene, die sich jenseits der Dreißig verstohlen zu verstecken versuchten. Je länger Rufus Lili ansah, umso mehr entdeckte er, was ihm bisher noch nicht aufgefallen war. Vereinzelte Sommersprossen verbargen sich in der gebräunten Haut auf den Wangen, in den Ohrläppchen hatte sie feine Löcher für Ohrringe und ihre Hände, auf denen sich bunte Farbkleckse tummelten, waren eindeutig Hände, die auch Schwerstarbeit nicht scheuten.

Sie waren kräftig, fast muskulös. Jetzt nahmen die bunten Finger den blauen Stift und schrieben: Sind Sie da?

Ja, antwortete Rufus sofort.

Was sehen Sie?

Ich betrachte Sie.

Was sehen Sie, Rufus?

Ich sehe Sie, Lili.

Sie lächelte. Das stimmt nicht. Sie sehen eine Lili, von der Sie glauben, sie zu kennen, aber es ist eine ganz andere, die Ihnen gegenüber sitzt. Sie sollten nicht in mich verliebt sein. Ich bin ein sehr komplizierter Mensch. Und sehr eigenwillig. Außerdem konnte ich mich bisher nicht für längere Zeit an jemanden binden. Ich muss immer irgendwann gehen, auch wenn ich nicht erklären kann, warum. In einem Jahr, wenn Sie aus Amerika zurückkehren, werde ich das Haus verlassen und Sie mich hoffentlich vergessen. Fangen Sie am besten gar nicht erst an, sich an mich zu gewöhnen.

Erstaunt las Rufus Lilis Worte. Wie können Sie das von mir verlangen? Sie sind doch diejenige, die in mein Leben einfach so hineingeplatzt ist.

Und Sie derjenige, der es zugelassen hat.

Wie hätte ich es denn verhindern können?

Keine Ahnung.

Rufus betrachtete erneut das Gesicht vor sich. Sein roter Stift hing zögerlich über dem Papier. Wer sind Sie, Lili?

Sie dachte Minuten lang nach, bevor sie antwortete. Das habe ich mich selbst schon oft gefragt.

Rufus lächelte. Trinken wir einen Wein zusammen?

Und welchen?

Wie wäre es mit einem Blauen Portugieser Weißherbst 2000? Ein fruchtiger Rosé.

Klingt gut.

Rufus folgte Lili in den Keller. Gemeinsam öffneten sie die Tür zur Speisekammer. Rufus wartete, bis Lili die Flasche gefunden hatte und nahm sie gleichzeitig mit ihr aus dem Regal. Zusammen gingen sie zurück in die Küche, öffneten ihre Flaschen und schenkten sich jeweils ein Glas ein.

Zum Wohl, schrieb Rufus. Lili tat so, als wollte sie mit jemandem anstoßen. Rufus hielt sein Glas an das ihre. Fast hörte er ein leises Klingeln.

Sie schrieb: Ich möchte mich bedanken. Dafür, dass Sie mir so viel über sich und Ihren Vater erzählt haben. Es hat mich sehr traurig gemacht, Ihre Geschichte zu lesen.

Das tut mir leid, ich wollte Sie nicht bedrücken. Sie hatten vollkommen recht, als Sie schrieben, traurige Geschichten müssten erzählt werden. Irgendwie hat es mir gut getan, sie aufzuschreiben.

Warum entschuldigen Sie sich eigentlich immer? Sie brauchen kein schlechtes Gewissen zu haben. Ihre Geschichte hat mich doch im Grunde nur weinen lassen, weil sie an Dingen rührte, die in mir selbst vergraben sind.

Sie haben geweint?

Ja. Warum nicht?

Ich bin sprachlos. Ich glaube, es hat noch nie jemand um mich geweint.

Das habe ich ja auch gar nicht. Ich habe geweint, weil ich an mich dachte. Wenn Ihnen jemand etwas Trauriges erzählt, woraufhin Sie weinen müssen, dann ist das meistens um Ihrer selbst willen, nicht, weil Sie nur den anderen bemitleiden. Man fühlt mit, weil der eigene Schmerz an der Oberfläche kratzt und zugelassen werden will. Verstehen Sie? Es ist nie des anderen Leid, das man allein bedauert.

Man weint immer auch um sich selbst.

Rufus sah Lili an. Sie sind eine Philosophin.

Danke, ich weiß.

Und etwas überheblich.

Das weiß ich auch.

Aber nur ein bisschen.

Manchmal auch über die Maßen. Schon wieder eine Beschwichtigung, Rufus. Haben Sie nie gelernt, zu sagen, was Sie wirklich empfinden? Das passt eigentlich gar nicht zu Ihrem Namen. Rufus! Das klingt so selbstbewusst und kraftvoll. Ich finde, Ihr Name zwingt fast dazu, ihn laut auszusprechen. Rufus, das klingt wie ein Befehl. Rufus! Bei Fuß!

Rufus schmunzelte und stellte sich vor, wie ihn jemand so rief. Mein Vater hat oft aus dem Keller nach mir gerufen. Sie haben recht, manchmal klang es tatsächlich, als riefe er einen Hund.

Vielleicht wollte er lieber einen Hund als einen Sohn.

Das geht zu weit, schrieb Rufus. Sie fangen an, meinen Vater schlecht zu machen.

Nein, nein, ich versuche nur, mir ein Bild zu machen, das ist alles.

Ein falsches Bild.

Ja, vielleicht. So wie das, das Sie mir von sich gegeben haben. Heute Nachmittag habe ich versucht, Sie nach Ihrer Beschreibung zu malen. Schauen Sie sich das mal an. Ich warte hier.

Rufus ging ins Wohnzimmer und betrachtete das Bild auf der Staffelei. Überrascht stellte er fest, dass Lili sich selbst porträtiert hatte. Daneben war eine schlanke Gestalt skizziert, die um ein beträchtliches größer war. An den Schläfen hatte Lili in dünnen Strichen graue Farbe aufgetragen. Mehr sah Rufus nicht. Er ging wieder zurück in die Küche.

Hatten Sie keine Lust, weiter zu malen?

Lili reagierte mit einem herzhaften Lachen.

Es ist interessant, wie Sie sich sehen. Irgendwo auf dem ersten Block können Sie nachlesen, was Sie über sich geschrieben haben. Und genau so sehen Sie für mich aus. Nicht einmal Ihre Haarfarbe haben Sie genau beschrieben. Dunkelblond, was heißt das? Gleichmäßig oder meliert, glatt oder lockig? Wie soll ich mir da ein Bild von Ihnen machen?

Stimmt, aber ich weiß einfach nicht, wie ich mich beschreiben soll.

Dann nehmen Sie einen Spiegel und schauen Sie hinein.

Ohne zu zögern ging Rufus zur Gästetoilette und nahm den kleinen Spiegel über dem Waschbecken von der Wand. Von seinen Büchern gestützt platzierte er ihn so auf dem Küchentisch, dass er sein Gesicht betrachten konnte. Der Spiegel steht bereit, schrieb er.

Super, dann legen Sie los. Ich mache mir Notizen.

Also, ich habe blaue Augen. Mein ...

... Was für ein Blau? So blau wie die Farbe meines Stiftes? Oder wie der Himmel? Blau wie das Meer oder ...

... Okay, schon gut. Sie sind hellblau wie das Luftpostpapier, mit einem Stich grau. So ähnlich wie der Himmel an einem nebeligen Morgen im Herbst.

Sehr gut, ich kann sie mir vorstellen. Ihr Kopf, welche Form hat er?

Ich glaube, er ist rund.

Ach du meine Güte. Rund ist ein Ball, ein Apfel, oder der Busen einer Frau. Manchmal jedenfalls. Wie rund, Rufus?

Soll ich Ihren Kopf als Ellipse malen oder mehr als Kreis? Brauche ich einen Zirkel dazu? Wo sind die markanten Stellen?

Rufus betrachtete sich ausgiebig im Spiegel. Also, so gesehen ist mein Kopf eher oval, oben zur Stirn hin breiter, unten beim Kinn schmaler. Meine Wangenknochen sind nur ganz schwach zu sehen und die Wangen hängen ein bisschen.

So wie bei einem Hund?

Fangen Sie schon wieder an? Nein, sie sind nur etwas schlaff. Und dann habe ich noch zwei stark ausgeprägte Falten, die von der Nase bis zum Kinn reichen.

Das nennt man Nasen-Lippen-Furche. Was ist mit Ihrem Mund?

Nasen-Lippen-Furche, interessant. Meine Lippen sind sehr schmal, der Mund ziemlich breit. An den Mundwinkeln gibt es noch zwei lange Furchen, die das Kinn so aussehen lassen, als wäre es extra in mein Gesicht eingebaut. Im Kinn habe ich ein großes Grübchen, und eins in der linken Wange, wenn ich lache.

Eckig, länglich oder rund?

Was?

Das Grübchen. Es hat eine Form, oder?

Eher länglich, fünf Millimeter.

Wie breit ist ihr Mund?

Wie breit mein Mund ist, Gott, vielleicht fünf oder sechs Zentimeter. Soll ich nachmessen?

Nein.

Rufus betrachtete Lilis Mund. Ganz langsam beugte er sich zu ihr hinüber und versuchte, ihre Lippen mit den seinen zu berühren. Er spürte nichts. Irritiert blickte Lili auf.

Rufus sah sie an und fragte: „Was ist?" Warum erschrecken Sie?

Irgendwie zog gerade ein kleiner Windhauch an mir vorbei.

Jetzt war Rufus erschrocken. Er wurde rot. Sie haben es gespürt?

Was?

Ich war Ihnen ganz nah, Lili.

Sagen Sie nicht, Sie hätten mich geküsst. Das wäre Nötigung.

Doch, das habe ich. Und wissen Sie was, Lili, ich möchte noch viel mehr. Ich möchte mit Ihnen schlafen. Ja! Ich will Sie liebkosen und verdammt noch mal spüren. Aber immer, wenn ich es versuche, greife ich ins Leere.

Lili saß da und schien ihn anzusehen. Sie haben das schon öfter versucht?

Was ist daran so schlimm? Sie merken es doch ohnehin nicht.

Vielleicht ja doch? Zumindest eben war da etwas. Ihr Stift schwebte über dem Papier. Schließlich schrieb sie ganz langsam und sauber: Wenn ich Sie doch wenigstens auch sehen könnte, Rufus. Bitte beschreiben Sie sich weiter. Ich brauche ein Bild von Ihnen, wenn wir uns näher kommen wollen.

Stundenlang spielten die beiden ein Frage-und-Antwort-Spiel auf dem blauem Luftpostpapier. Unterdessen leerte Rufus fast seine ganze Flasche Wein, sodass er später auf dem Weg nach oben nicht mehr in der Lage war, gerade zu gehen. Das ganze Zimmer drehte sich um ihn herum, als er es endlich schaffte, sich ins Bett zu legen. Lili war unten geblieben. Wilde Träume begleiteten seinen Schlaf.

Kapitel 7

Rufus starrte auf die Wände in seinem Kinderzimmer. Überall hingen rahmenlose Zeichnungen, auf denen immer dieselbe gesichtslose Figur abgebildet war. Mit aller Kraft versuchte er aufzustehen, doch sein Körper war schwer wie Blei und ließ sich kaum bewegen. Panik ergriff ihn, und er stieß einen langgezogenen, klagenden Ton aus, von dem er aufwachte.

Sein erster Blick fiel auf Lili. Ihr Gesicht wirkte entspannt, doch ihre Augen bewegten sich unruhig unter den Lidern hin und her. Sie träumte. Ihr rechter Arm lag so, dass sie mit ihren Fingerspitzen seine Hüfte zu berühren schien. Rufus war erregt, zwang sich jedoch, ruhig zu bleiben. Er genoss seine Erregung. Fast kam es ihm vor, als spüre er die Wärme des zarten Körpers neben sich. Schnell stand er auf.

Unter der Dusche hatte er das Gefühl, sein Kopf wollte explodieren. Das Geräusch seines Rasierers dröhnte so laut wie der Motor eines Rasenmähers in seinen Ohren.

In der Küche versuchte er, das Geschirr so leise wie möglich hinzustellen, um zu vermeiden, mit dem Geklapper seinen Kopf zum Zerspringen zu bringen. Während der Kaffee lauter als sonst durch die Maschine lief, trottete Rufus ins Wohnzimmer.

Offensichtlich hatte Lili die ganze Nacht hindurch gemalt. Auf der überarbeiteten Skizze vom Vortag erkannte er in der Gestalt neben Lili eindeutig sein eigenes Ebenbild. Rufus bestaunte sich mit offenem Mund. Gestochen scharf, fast wie ein Foto, hatte Lili sogar die prägnanten Falten, die er ihr genannt hatte, gemalt. Genial umgesetzt, dachte er. Er empfand Sympathie für die Männergestalt auf der Leinwand.

In der Küche setzte er sich an den Tisch und schrieb: Guten Morgen, Lili. Wenn wir uns im selben, festen Aggregatzustand befänden, würde ich Ihnen das Frühstück ans Bett bringen. So etwa in zwei Stunden, denn ich sehe, dass Sie noch lange gearbeitet haben. Außerdem ist die Flasche Wein leer. Hoffentlich haben Sie nicht so einen dicken Kopf wie ich. Ich fühle mich nicht gut. Falls es Ihnen ähnlich geht, im Spiegelschrank im Bad liegen Kopfschmerztabletten. Dank ihnen kommen meine Lebensgeister langsam zurück. Ich wäre Ihnen verbunden, wenn Sie mich bis heute Abend arbeiten ließen. Die Darstellung meiner Person ist Ihnen übrigens perfekt gelungen. Sie sind eine wahre Künstlerin.

Erst gegen Mittag wankte Lili schlaftrunken in die Küche. Rufus verfolgte sie mit seinen Blicken. Es gelang ihm einfach nicht, sie zu ignorieren und sich auf seine Arbeit zu konzentrieren. Eine Viertelstunde später verließ sie die Küche mit einer Tasse Kaffee. Er las, was sie eilig auf den Block geschrieben hatte. Lieber Rufus, ich habe tatsächlich bis in die frühen Morgenstunden gemalt. Sie sind mir wirklich gut gelungen. Ich mag, wie Sie aussehen. Übrigens habe ich überlegt, Ihnen nach Amerika zu schreiben. Zumindest wäre das doch eine Möglichkeit, herauszufinden, ob Sie tatsächlich dort sind, wie es der Makler und Frau Pieske behaupten. Mein Problem ist, dass ich nicht weiß, was ich Ihnen schreiben soll. Wir müssen uns endlich Klarheit über unsere Situation verschaffen, finden Sie nicht auch? Ich habe darüber nachgedacht, wie es sein könnte: Vielleicht gibt es tatsächlich einen Rufus Wittgenstein junior in Amerika, der dort ein Jahr lang lebt. Doch das würde tausende Fragen aufwerfen, die geklärt werden müssen. Was hat dieser Rufus vorher gemacht? Warum ist er in Amerika? Wie ist er überhaupt dorthin hingekommen? Warum gibt es ihn trotzdem noch hier, wenn auch nicht körperlich? Wieso können wir über das Luftpostpapier miteinander kommunizieren? Warum sehen Sie mich, ich Sie aber nicht? Wir müssen heute Abend unbedingt darüber sprechen, Rufus. Ich bin bis nachmittags unterwegs. Einen schönen Tag wünsche ich Ihnen, Ihre Lili.

Das Telefon klingelte. Am Apparat war Professor Bauer, der Leiter des Chemischen Instituts. Er erkundigte sich, wie Rufus mit seiner Arbeit voran käme und bat ihn, in den folgenden Tagen im Institut vorbei zu schauen, um Wichtiges mit ihm zu besprechen. Sie verabredeten sich für den nächsten Morgen. Anschließend tigerte Rufus durch das Haus. Er fühlte sich plötzlich sehr einsam ohne Lili. Im Garten bewegte sich die Schaukel sanft hin und her, so, als habe sie jemand erst vor wenigen Minuten verlassen. Rufus gab der Schaukel einen leichten Schubs. Nein, er wollte sich nicht darauf setzen. Jetzt noch nicht. Er verspürte jedoch den Wunsch, dies irgendwann einmal nachzuholen, vielleicht mit Lili zusammen, wenn das jemals möglich wäre. Leise vor sich hin pfeifend begab er sich zurück zu seinen Formeln.

Erst nach Sonnenuntergang nahmen die beiden Lilis Idee vom Mittag wieder auf. Rufus schrieb in seiner kleinen Schrift: Ich habe mir einige Gedanken bezüglich Ihres Briefes an mein Pendant in Amerika gemacht. Sie sollten ihm besser nicht schreiben. Was wollen Sie ihm sagen? Vielleicht, dass Sie hier auf seinen geisterhaften Zwilling gestoßen sind, der in Sie verliebt ist? Nein, Lili. Außerdem brauchen Sie eine Adresse. Woher wollen Sie die bekommen, und wer glaubt Ihnen überhaupt, was Sie hier erleben? Man würde Sie doch für verrückt erklären.

Aber Rufus, es geht doch zunächst nur darum, herauszufinden, ob er überhaupt in Amerika existiert. Wie soll es gehen, dass Sie gleichzeitig hier sind und dort? Ich war heute bei dem Makler, der mir das Haus vermittelt hat. Von ihm habe ich Ihre amerikanische Adresse. Und ich war auch im Chemischen Institut. Sie haben mir zwar nicht gesagt, dass Sie da arbeiten, aber es war naheliegend. Auch ich kann eins und eins zusammenzählen. Ich habe einen Mann getroffen, mit dem Sie befreundet sind, Brandstifter oder so.

Brandstätter, ja, aber er ist nur ein Arbeitskollege. Es wäre übertrieben zu sagen, dass wir befreundet sind.

Wie dem auch sei, wissen Sie, was er mir noch erzählt hat? Sie haben ein Buch über Ihre letzte Forschungsarbeit am Institut geschrieben. Ich habe es im Bücherschrank im Wohnzimmer gefunden, es heißt ...

... Halt! Das ist doch alles Quatsch, Lili. Ich habe noch kein Buch geschrieben. Dieses ist mein erstes. Das muss ich selbst doch am besten wissen.

Aber ich habe es gesehen! Ich hatte es sogar in der Hand. Von seinem Inhalt verstehe ich allerdings nichts, lauter chemische Formeln, über deren Zweck mir der erläuternde Text auch nicht viel Auskunft gibt.

Zeigen Sie mir das Buch.

Lili ging ins Wohnzimmer, nahm das Buch aus dem

Schrank und kehrte damit zurück in die Küche.

Unentwegt hetzte Rufus hinter ihr her. Er betrachtete den blauen, in Leinen gebundenen Band. In weißen Lettern prangte dort sein Name und darunter der Titel. Legen Sie es wieder weg.

Lili trug das Buch zurück. Rufus sträubten sich die Haare.

Wie kann das sein, Lili? Ich sitze hier in meiner Küche, arbeite täglich wie ein Blöder, um dieses Buch zu schreiben, und bei Ihnen steht es bereits im Schrank. Das ist total verrückt!

Lili dachte nach. Wenn Sie noch an dem Buch arbeiten, hieße das doch, der Zeitpunkt, an dem Sie es gedruckt in Ihren Händen halten können, läge noch vor Ihnen, oder? Vielleicht haben Sie ja auch vergessen, dass es schon fertig ist. Oder es ist ein anderes, an dem Sie jetzt schreiben. Der verwirrte Professor, wie im Film, das wäre ja nichts Neues.

Bis ich das Buch fertig in meinen Händen halten kann, wird Silvester vorbei sein. Danach ist Drucktermin.

Rufus, welches Datum haben wir heute? Lili sah gebannt auf das blaue Papier.

Heute ist der 3. August.

Welches Jahr?

2010.

Sind sie ganz sicher?

Ja!

Lili sprang so heftig auf, dass ihr Stuhl nach hinten kippte. Sie rannte in die Diele, riss ihre Ledertasche auf und zerrte das Stadtteilblättchen hervor, das sie vor zwei Tagen im Supermarkt gekauft hatte. Atemlos kehrte sie zurück an den Tisch und warf die Zeitung darauf. Zitternd legte sie ihren Zeigefinger unter das aufgedruckte Datum.

Rufus las: 01. August 2011.

Was ist das?, fragte er.

Das ist die Zeitung von vorgestern. Bei mir ist heute der 3. August 2011. Wir leben offenbar in verschiedenen Jahren, Rufus.

Ich habe ja schon viel gehört, und ich glaube, vieles ist möglich, aber das ist der Gipfel des Unmöglichen. Wollen Sie behaupten, Sie kämen aus der Zukunft?

Nein, Sie müssen aus der Vergangenheit kommen, denn meine Gegenwart ist für Sie die Zukunft. Zwischen 2010 und 2011 liegt ein ganzes Jahr, Rufus, und diese Zeit läuft inzwischen weiter.

Also, ich bestehe darauf, dass nicht ich aus der Vergangenheit aufgetaucht bin, sondern Sie aus der Zukunft. Schließlich lebe ich in meiner Realität, die nicht plötzlich um ein Jahr weitergesprungen ist. Professor Bauer hätte in diesem Fall mit Sicherheit anders reagiert, als ich gestern mit ihm telefonierte. Die spontane Frage danach, wo ich das letzte Jahr verbracht hätte, wäre wahrscheinlicher gewesen. Ihre These, Lili, ist völlig unlogisch.

Was heißt hier unlogisch? Ich lebe doch genauso in meiner Realität. Ihre Gegenwart findet in meiner Vergangenheit statt und Ihre Zukunft liegt in meiner Gegenwart.

Dann kommen Sie doch aus der Zukunft, meiner Zukunft, um genau zu sein. Eine Zeit, die für mich jetzt noch in den Sternen liegt.

Meine Zeit muss aber existieren, weil ich sie schon gelebt habe, Rufus. Vielleicht ist ihre Zeit ja irgendwie stehen geblieben, oder langsamer verlaufen ...

... Oder Ihre schneller? Nein, Lili, so kommen wir nicht weiter. Es spielt keine Rolle, wo und wann man sich befindet, Zeit vergeht immer, für einen selbst zumindest, wenn man lebt. Und das ist ja wohl der Zustand, in dem wir uns auf jeden Fall befinden. Das Problem besteht darin, dass wir möglicherweise zeitversetzt leben, obgleich Ihre Zeitung nicht unbedingt der ausschlaggebende Beweis sein muss. Außerdem gäbe es noch die Möglichkeit halluzinogener Vorstellungen, vielleicht verursacht durch eine bisher unbekannte Reaktion chemischer Substanzen, die ich im Haus aufbewahre ...

... Stopp! Mit Chemie hat das Ganze bestimmt nichts zu tun. Wir sollten erst einmal bei dem Zeitproblem bleiben. Kann man das nicht vielleicht bei Einstein nachlesen?

Einstein kann uns dabei auch nicht weiterhelfen, Lili, ich habe mich nicht in eine Zeitmaschine begeben, die mich in die Zukunft katapultiert hat. Diese Technik gibt es im Moment nur in der Literatur oder im Film. Bleiben wir also bei der Realität.

Wessen Realität? Meine oder Ihre?

Von mir aus beide. Demnach gäbe es mich nämlich zwei Mal. Einmal im Jahr 2010 und einmal in 2011. Eine Vorstellung, die über meinen Verstand geht. Rufus verfolgte interessiert, wie Lili auf dem Papier verschiedene Skizzen anfertigte.

Sie schrieb seinen und ihren Namen mit dem jeweiligen Jahr und Ort zusammen, zog verschiedene Pfeile hin und her und strich alles wieder durch. Bevor sie erneut ansetzen konnte, erschien die rote Handschrift auf dem Papier:

Schreiben Sie nach Amerika.

Lili hörte auf, an ihrem Schaubild zu zeichnen. Und was?

Ich weiß nicht.

Toll, dann denken Sie bitte darüber nach. Ich tue das auch.

Sie riss ein sauberes Blatt aus dem Block heraus und schrieb:

Lieber Rufus,

...

Das können Sie nicht schreiben, unterbrach Rufus sie.

Warum nicht?

Weil der Rufus in Amerika Sie nicht kennt.

Stimmt, korrigierte sie sich und strich die Anrede wieder durch.

Sehr geehrter Herr Wittgenstein,

...

Professor.

Es dauerte ganze zwei Stunden, bis sie einen Brief verfasst hatten, den Lili zur Post bringen sollte. Folgender Text stand darin:

Sehr geehrter Herr Professor Wittgenstein,

wie Ihnen Ihr Makler Herr Budke sicher mitgeteilt hat, ist Ihr Haus in der Liliomstraße an mich vermietet worden. Ich versichere Ihnen, dass alles in bester Ordnung ist. In Ihrem Bücherschrank habe ich das von Ihnen verfasste Buch entdeckt. Ich habe es mit Spannung gelesen. Da ich mich selbst sehr für den von Ihnen bearbeiteten Bereich interessiere, fiel es mir nicht schwer, den Stoff durchzuarbeiten. Allerdings bin ich auf Seite 59 auf ein Problem gestoßen. Das X^2 an zweiter Stelle in der ersten Gleichung ist mir nicht klar. Müsste es nicht erst an vierter Stelle stehen? Falls es Ihre Zeit zulässt, bitte ich Sie, mir eine kurze Erläuterung zu schicken. Sie haben übrigens eine wunderbare Schaukel in Ihrem Garten. Mit freundlichen Grüßen

Lili Robinson

Wie heißen Sie? Robinson?

Ja, hatte ich das noch nicht erwähnt?

Klingt nett. Der Name erinnert an Robinson Crusoe, der auf einer einsamen Insel strandete und ...

... Ich kenne die Geschichte. Lili las den Brief noch einmal. Ehrlich gesagt, erwarte ich keine Antwort von Ihnen.

Wieso nicht?

Weil Sie mir sicher nicht glauben. Wer liest schon eine chemische Abhandlung mit Spannung?

Das ist eine hochinteressante, wissenschaftliche Arbeit und es gibt sicher genug Leute, die so ein Buch mit Spannung lesen. Mich zum Beispiel.

Entschuldigen Sie, ich wollte Sie nicht beleidigen. Soll ich den Brief wirklich abschicken?

Ja.

Lili steckte das dünne, blaue Blatt in einen Umschlag und klebte drei Briefmarken darauf.

Warum drei Marken?

Weil der Brief nach Amerika geht. Das kostet bestimmt das Dreifache an Porto im Vergleich zum Inland. Wenn Sie auch noch Nachgebühr zahlen müssen, nehmen Sie den Brief vielleicht gar nicht erst an. Weiß ich, ob Sie knauserig sind?

Also ehrlich!

Ich weiß fast nichts über Sie, Rufus.

Vielleicht kostet es sogar mehr. Luftpost war, zumindest früher, teurer als normale Post.

Wieso Luftpost? Ich stecke den Brief jetzt gleich in den Briefkasten am Ende der Straße. Wenn ich das nicht sofort tue, überlege ich es mir vielleicht noch anders.

Stimmt, dann tun Sie es aber auch wirklich. Ich gehe jetzt

schlafen. Gute Nacht.

Schlafen Sie gut.

Lili verließ das Haus und wanderte durch die friedliche Stille der Liliomstraße. In den Häusern brannten keine Lichter mehr.

Rufus hatte sich die ganze Nacht hin- und hergewälzt. Der Schlaf hatte ihn erst in den frühen Morgenstunden überwältigt, sodass er sich wie gerädert fühlte, als er in aller Frühe wieder aufstand. Lili lag halb aufgedeckt neben ihm. Rufus bemerkte den feinen, feuchten Glanz auf ihrer Haut. Es muss sehr heiß sein in ihrer Welt, dachte er und sah aus dem Fenster. Es regnete.

In der Küche seinen Kaffee trinkend, bat er Lili, ihm eine Tageszeitung zu besorgen. Es interessierte ihn brennend, was das Weltgeschehen in einem Jahr zu bieten hatte.

Als sein Termin im Institut näher rückte und Lili immer noch nicht unten aufgetaucht war, schrieb er: Ich muss los. Bis später, Rufus.

Erst gegen 16 Uhr war Rufus wieder zu Hause. Er fand Lili am Küchentisch, wo sie Kaffee trank und sich offensichtlich angeregt unterhielt. Rufus konnte nicht sehen, wer noch am Tisch saß. Lili lachte herzhaft. Rufus suchte den blauen Block, doch er war nicht da. Stattdessen sah er eine Tageszeitung auf dem Tisch liegen.

Er setzte sich davor. Zuerst schaute er auf das Datum. Sie war vom 04. August 2011. Er überflog ein paar Zeilen auf dem sichtbaren Teil der Titelseite. Rufus traute sich nicht, die Zeitung zu berühren. Wahrscheinlich hätte er es sowieso nicht gekonnt, aber er wollte das Risiko nicht eingehen,

Lilis Gegenüber zu erschrecken. Er legte die Zeitung, die er selbst an diesem Tag gekauft hatte, neben die Zeitung aus der Zukunft. Bis auf die Überschriften der einzelnen Artikel und die unterschiedlichen Fotos wirkten beide Blätter gleich. Unter der Zeitung von Lili entdeckte Rufus plötzlich eine kleine blaue Ecke, traute sich jedoch erst recht nicht, den Block zu bewegen. Es würde sicher eine Katastrophe in Lilis Welt auslösen, wenn sich ein Gegenstand auf dem Tisch von selbst bewegte. Stattdessen betrachtete Rufus Lili. Ihre Haut war brauner als am Tag zuvor. Im Gesicht wirkte sie samtig, und wenn Lili lachte, setzten sich ihre Zähne weiß von den roten Lippen ab. Die Haare standen wuschelig hoch, ungekämmt, aber frisch gewaschen.

Rufus wusste nichts mit sich anzufangen. Auf den blauen Block schreiben konnte er nicht. Arbeiten wollte er nicht, weil seine Konzentration auf einem Tiefpunkt war, wie er ihn nicht von sich kannte. Sein Abstecher ins Institut hatte ihn aufgewühlt, und er brannte darauf, Lili davon zu berichten.

Rufus ging nach oben, zog sich aus und stellte sich unter die Dusche. Nach und nach drehte er das Wasser immer kälter auf, bis er zu frieren begann. Er sah auf die Uhr. Es war fünf. Ein Kontrollgang in die Küche zeigte ihm, dass Lilli sich immer noch unterhielt. Rufus fluchte vor sich hin und wünschte, Lilis Besuch würde mit einem Knall verschwinden. Er ging ins Wohnzimmer. Das Bild von ihm und Lili als Paar stand nach wie vor auf der Staffelei. Rufus betrachtete sich ausgiebig. Plötzlich fiel ihm auf, dass ein wichtiges Detail in seinem Gesicht fehlte. Er hatte vergessen, Lili zu sagen, dass er eine Brille trug.

Rufus wanderte weiter zur Schaukel im Garten, deren

Gerüst inzwischen im Schatten der großen Kastanie stand. Zu seiner Einschulung im Herbst 1973 hatte er den kleinen Samen dort mit seinem Vater eingepflanzt. Im Frühjahr darauf war Rufus jeden Morgen zuerst nach draußen gelaufen, um zu schauen, ob das Pflänzchen gewachsen war. Er liebte die Kastanie. Mit den Jahren hatte sie die Höhe der Schaukel längst eingeholt. Er erinnerte sich an die Enttäuschung seines Vaters darüber, das Spielgerät umsonst gebaut zu haben, weil sein Sohn sich beim Schaukeln regelmäßig übergeben musste. Rufus setzte sich auf das lange und breite Holzbrett. Vorsichtig bewegte er sich vor und zurück. Wenn er nach hinten schwang, berührten seine Füße sanft den Boden. Mit einem Mal überkam ihn eine Glückseligkeit, die er nur vom Heiligabend kannte, wenn er als Kind voller Erwartung den Raum der Bescherung hatte betreten dürfen. Rufus schwang immer höher und höher. Es lief jetzt von ganz alleine. Er genoss es, wie er sich dem Haus erst näherte, dann wieder entfernte, näherte, entfernte, näherte, entfernte. Plötzlich wurde Rufus übel. Panik erfasste ihn. Er konnte die Schaukel nicht schnell genug anhalten. Sein Magen drehte sich um und in hohem Bogen verteilte sich der Inhalt auf seiner Hose. Rufus wagte den Sprung, als die Schaukel erneut nach vorne schwang. Er landete auf allen Vieren und würgte auch noch, als nur noch Magensäure hochkam.

Geschwächt raffte er sich auf und wankte in die Küche. Lili war verschwunden. Überall auf dem Tisch stand gebrauchtes Geschirr, sogar auf seiner Seite. Er ging zur Spüle und trank ein Glas Wasser. Ihm war schlecht. Die Arbeit kann ich für heute wohl vergessen. Es ärgerte ihn, dass Lili nicht da war und er fragte sich, mit wem sie sich wohl getroffen hatte. Zum ersten Mal kam ihm der Gedanke, dass sie vielleicht einen Freund haben könnte. So eine Frau muss einen Freund haben, dachte er. Obwohl sie das bestimmt erwähnt hätte, als ich ihr meine Liebe gestanden habe.

Rufus setzte sich an den Tisch und zog den blauen Block unter der Zeitung hervor. Er schrieb: Schade, dass ich Ihnen nicht gleich erzählen konnte, was ich heute erfahren habe, denn Sie hatten offensichtlich Besuch. Ich war im Institut zu einer Besprechung mit Professor Bauer, meinem Chef. Er hat mir eröffnet, dass es für mich im kommenden Juli das Angebot gäbe, an einer Universität in San Francisco zu lehren, wenn ich wolle. Ich habe noch nicht zugesagt, weil ich das erst einmal verdauen muss und nicht weiß, ob ich das überhaupt will. Danke, dass Sie mir die Zeitung hinge-legt haben. Ich kann immer noch nicht fassen, dass Sie das Datum von 2011 trägt. Es ist ganz seltsam, eine Jahreszahl vor Augen zu haben, die noch gar nicht sein dürfte. Hof-fentlich sind Sie bald wieder da. Ich fühle mich gar nicht gut und könnte jemanden zum Reden brauchen. Wer hat Sie besucht? Auf der Schaukel wird mir immer noch schlecht.

Rufus ließ den Stift sinken. Es wunderte ihn, dass er Lili diese letzten Worte geschrieben hatte. Er überlegte kurz, sie wieder zu streichen, ließ sie aber schließlich stehen. Wenn er Lili schon seine Liebe gestand, konnte er ihr auch sagen, dass er sie brauchte. Ihm war immer noch leicht übel und sein Hals brannte von der Magensäure. Bedrückt schlich er nach oben, zog die nach Erbrochenem stinkende Hose aus und legte sich aufs Bett. Plötzlich fühlte er sich total er-schöpft.

Kapitel 8

Die Sonne warf bereits lange Schatten, als Rufus wieder aufwachte. Sein Körper war nass geschwitzt. Das kühle Wasser der Dusche brachte nur mäßige Erfrischung. Zehn Minuten lang stand er einfach nur da, die Hände gegen die Wand gestützt, und ließ den harten Wasserstrahl auf seine Haut prasseln. Anschließend ging er ins Schlafzimmer und stellte sich vor den großen Spiegel, der seitlich am Kleiderschrank befestigt war. Rufus betrachtete sich von allen Seiten. An den Hüften und am Bauch entdeckte er kleine Fettpolster. Er atmete tief ein, zog den Bauch nach innen, streckte die Schultern und verharrte einige Sekunden in dieser Stellung. Sein Ausatmen klang, als würde jemand langsam die Luft aus einem Ballon lassen. Lili fände mich bestimmt zu dick, dachte Rufus. Er betrachtete seine Genitalien. Sie setzten sich dunkel vom übrigen Körper ab.

Als Kind war Rufus viel zu schüchtern gewesen, sich vor Fremden auszuziehen. Im Sportunterricht hatte er die Kunst des schnellen Kleiderwechsels perfekt gelernt, und vor allem die, nicht hinzusehen, wenn sich die anderen umzogen. Lediglich aus Zeitschriften kannte er Abbildungen nackter Männer, jedoch sah keines ihrer Glieder so aus wie sein eigenes. Vielleicht mag sie es nicht, dachte er. Er schüttelte den Kopf über seine Gedanken und zog sich an. Rufus fragte sich, wie er überhaupt auf die Idee kam, dass sie ihn jemals sehen würde. Ein ganzes Jahr lag zwischen ihnen. Wie sollte er die Zeit überwinden, um zu ihr zu gelangen? Oder sie zu ihm? Geschichten über Zeitmaschinen schwirrten ihm durch den Kopf und er bedauerte zutiefst, nicht mehr über Quantenphysik zu wissen.

Er ging in die Küche. Auf seinem Weg nach unten sah er Lili bereits durch die offene Tür am Tisch sitzen. Offensichtlich hatte sie gerade zu Abend gegessen. Auf ihrem Teller erkannte er eine halbe Bratwurst, neben der noch eine Kartoffel in einem Rest Soße schwamm. Lili schrieb. Rufus beugte sich so über sie, dass er ihr Haar mit seinen Lippen hätte berühren können. Tief sog er die Luft durch die Nase ein, aber er konnte keinen Duft ausmachen. Von oben las er, während sie weiterschrieb: Das ist ja wahnsinnig, Rufus! Dann gibt es Sie wirklich in Amerika. Sie sollten den Posten auf jeden Fall annehmen. Diese Chance bietet sich Ihnen vielleicht nur einmal im Leben. Ich würde keine Minute zögern, für ein Jahr in die USA zu gehen, so toll stelle ich es mir vor. Sagen Sie bloß zu! Ich hatte übrigens Besuch von meiner Schwester. Wir haben stundenlang geredet und jetzt bin ich ziemlich kaputt und ein bisschen heiser. Aber es war total schön. Sie hat Ihr Haus bewundert. Und sie hat den Block gesehen, aber ich habe schnell die Zeitung darüber gelegt. Gab es etwas Neues für Sie darin? Wenn ich alte Zeitungen lese, kommt es mir immer so vor, als würde sich die Geschichte der Menschheit jedes Jahr wiederholen. Nur die Orte und Namen der Politiker ändern sich.

Rufus setzte sich neben Lili und nahm seinen roten Stift in die Hand.

Glauben Sie, dass ...

Stopp schrieb er mitten in ihren angefangenen Satz hinein. Lili zuckte leicht zusammen und sah zur Seite.

Lili, wir müssen miteinander reden. Rufus zögerte. Ich will nicht nach Amerika.

Lili las mit fragendem Blick. Reglos saß sie da, während ihr Stift über dem Papier schwebte. Seine Hand schien mit ihrer zu verschwimmen.

Haben Sie gelesen? Ich gehe nicht.

Warum nicht?

Ich kann nicht.

Wieso?

Weil ich nicht kann!

Das ist doch Quatsch.

Nein.

Doch! Ist Ihnen klar, was Sie da sagen?

Natürlich.

Das glaube ich nicht. Erklären Sie mir, warum Sie nicht gehen können?

Rufus dachte nach. Das passt nicht zu mir.

Was? Das ist doch lächerlich, Rufus. Nein, das ist bestimmt nicht der Grund. Los, raus mit der Sprache! Sie wollten mit mir reden, also tun Sie das auch. Aber vernünftig. Lili verharrte geduldig, bis die ersten roten Worte auf dem Papier erschienen.

Ich habe Angst. Mir wird ganz schlecht, wenn ich nur daran denke, in Amerika zu sein. Noch nie war ich weit weg von zu Hause. Das Weiteste war die Schweiz, aber immer nur für ein paar Tage. Ich will lieber hier bleiben. Ich bin gerne daheim. Hier gehöre ich hin, nicht nach Amerika.

Aber Sie bleiben doch nicht für immer. Nur für ein Jahr.

Ein ganzes Jahr ist sehr lange. Wissen Sie, wie lang ein Jahr ist?

365 Tage. Na und?

Zu lang, wenn man am Ende der Welt ist.

Amerika ist nicht das Ende der Welt. Sie haben wirklich

Angst, oder?

Ja.

Das Wort wirkte so klein und unscheinbar, als wollte es sich hinter den vielen anderen Buchstaben verstecken.

Das ist nicht zu glauben Rufus, was haben Sie in ihrem bisherigen Leben gemacht, außer in diesem Haus zu leben und als Chemiker zu arbeiten?

Dieses Mal ließ die Antwort noch länger auf sich warten.

Nichts.

Lili dachte angestrengt nach. Das ist schrecklich. Sie müssen aufhören, sich so einzuigeln. Ich meine, es ist nicht gesund, immer alleine zu sein. Jeder braucht Menschen um sich herum, mit denen er reden kann. Sie dürfen nicht immer nur arbeiten, sondern müssen auch mal etwas unternehmen.

Das weiß ich selbst.

Aber Sie tun es nicht.

Ich kann es nicht.

Doch. Sie müssen nur damit anfangen.

Und wie?

Vielleicht in Amerika.

Wieso dort? Ich kann das auch hier, wo Sie sind.

Rufus, finden Sie es befriedigend, mit mir nur über Papier und Stift kommunizieren zu können?

Nein, natürlich nicht, aber welche Aussicht habe ich, Sie in Fleisch und Blut kennenzulernen? Zwischen uns liegt die Zeit eines Jahres. Wie sollen wir die überwinden?

Wieso überwinden? Ich habe nicht vor, ein Jahr zu überwinden. Dann müsste ich in die Vergangenheit zurück. Oder wollen Sie in die Zukunft reisen? Was wird dann aus Ihrem Buch? Vielleicht schreiben Sie es in dem Fall gar nicht zu Ende. Sie dürfen Ihre Arbeit nicht abbrechen, sonst könnte es bei mir doch gar nicht im Bücherschrank stehen.

Ach, Lili, Sie haben zu viele Zukunftsromane gelesen. Das ist alles irgendwie albern.

Vielleicht ist aber etwas dran an dieser ganzen Geschichte. Ich meine Parallelwelten und so was.

Eine Parallelwelt, die um ein Jahr versetzt ist, ist keine Parallelwelt mehr, oder? Das ist absurd. Bleiben wir lieber auf dem Boden der Realität.

Und was ist das für eine Realität, in der Sie leben? Mit mir als Hologramm aus der Zukunft? Ich finde, das ist absurd und alles andere als eine normale Realität. Vielleicht sind wir beide auch nur entsetzlich krank und gehören in die Klapsmühle. Lili kaute auf ihrem Stift herum.

Ja, vielleicht sind wir tatsächlich verrückt. Ich habe keine Ahnung von Parallelwelten oder wie Sie das auch immer nennen wollen. Jules Verne und seine Zeitmaschine, das ist doch nur eine fantastische Geschichte. Träume, Lili, die nicht wahr werden können.

Die Zeitmaschine ist von H.G. Wells und vielleicht war er nur genauso einsam wie Sie.

Glauben Sie etwa, ich fantasiere Sie mir nur zurecht, weil ich einsam bin?

Nein, ich bin doch da. Zumindest in meiner Realität, das weiß ich genau. Und Sie sind es in Ihrer, denn ich sehe Ihre Schrift auf dem Papier. Ich könnte niemals eine andere Schrift so konsequent durchziehen.

Sie haben offensichtlich keine Ahnung, wozu verrückte Menschen fähig sind.

Doch, das weiß ich. Psychologie hat mich immer sehr interessiert. Aber ich glaube nicht, dass ich mich hier hinsetze und mir Sie und diese Geschichte nur ausdenke. Keiner von uns ist verrückt. Die Situation ist es vielleicht, aber nicht wir. Es muss einen Weg geben, aus unserer verzwickten Lage herauszukommen. Es geht nicht, dass zwei Jahre nebeneinander verlaufen, ohne dass es ein Unglück gibt. So viel Platz ist nicht auf unserer Erde.

Lili, ich will es gar nicht anders haben. Ich finde es schön, hier mit Ihnen zu sitzen und zu reden.

Wir reden ja gar nicht! Es sind Worte auf Papier, Rufus. Ich finde das sehr anstrengend, ehrlich gesagt – beschissen anstrengend. Wenn wir uns in derselben Realität gegenüber säßen, würden wir doch ganz anders miteinander umgehen.

Wie denn?

Du meine Güte! Denken Sie doch mal darüber nach, wie es war, als Sie hier noch nicht alleine lebten. Denken Sie an Ihre Eltern.

Das war nicht viel anders als jetzt. Wir zwei haben in den paar Tagen mehr Worte miteinander gewechselt, als meine Eltern und ich es jemals getan haben.

Aber Sie haben mit Ihrem Vater geredet.

Na ja, er hat geredet. Ich habe immer nur zugehört.

Und später haben auch Sie mit ihm geredet.

Sicher, aber ...

Nein, Rufus, das bringt nichts. Wir kommen vom Thema ab. Ich möchte einfach nur wissen, wovor Sie Angst haben, wenn Sie an Amerika denken.

Rufus ließ sich einige Minuten Zeit, bis er antwortete. Ich habe Angst davor, mich ins Flugzeug zu setzen, und wenn ich nach einigen Stunden ankomme, in einer Welt zu sein, in der alles anders ist, als ich es kenne. Sogar eine andere Sprache muss ich sprechen.

Ich glaube nicht, dass die Sprache ein Problem sein wird.

Natürlich nicht, ich spreche Englisch. Aber es sind die Menschen, die anders sind.

Niemand kennt Sie dort, oder? Es sind andere Menschen, aber niemand weiß etwas von Ihnen. Sie sind ein deutscher Chemieprofessor, der für ein Jahr in San Francisco arbeitet. Wenn Sie wollen, können Sie ein ganz anderer sein, und niemand wird es merken.

Warum sollte ich ein anderer sein? Rufus sah, wie Lili mit dem Kopf schüttelte.

Haben Sie sich noch nie Gedanken darüber gemacht, ob Ihnen Ihr Leben so gefällt, wie es ist? Haben Sie nie irgendetwas in Frage gestellt, nie das Bedürfnis gehabt, dass etwas anders sein könnte oder sollte? Das glaube ich nicht, Rufus. Bestimmt hatten Sie solche Gedanken. Jetzt besteht die Chance, etwas zu ändern, was anderes zu tun und ein ganz anderer zu sein. Es ist ein Sprung ins kalte Wasser, aber wer nicht wagt, der nicht gewinnt.

Rufus hatte die Röte in Lilis Gesicht nicht übersehen. Warum sind Sie wütend? Warum interessiert es Sie eigentlich, was ich tue oder nicht? Was geht Sie das an?

Weil Sie mich um ein Gespräch gebeten haben! Sie haben davon angefangen, dass Sie nicht nach Amerika gehen wollen. Sie sprechen doch über Ihre Probleme. Ich habe mich darauf eingelassen, weil ich glaube, dass es Ihnen gut tut, wenn Sie über sich nachdenken. Aber wenn Sie das nicht wollen, können wir es auch lassen. Lili stand auf und verließ die Küche.

Sprachlos über die Heftigkeit ihrer Worte und ihre Impulsivität, blieb Rufus zurück. Er hätte ihr gerne nachgerufen, aber er wusste, dass es zwecklos war. Vor seinen Augen spielte sich plötzlich eine Szene ab, die ihn traurig machte. Er stellte sich vor, wie er Lili nachlief, sie in den Arm nahm und beschwichtigend mit ihr sprach. Sie würde ihr Gesicht an seines schmiegen und sagen: Ist schon gut, Rufus. Und dann würden sie zusammen spazieren gehen oder etwas anderes tun. Rufus wünschte sich plötzlich nichts sehnlicher, als mit Lili spazieren zu gehen.

Abrupt stand er auf und ging ins Wohnzimmer. Sie war nicht dort. Durch die geöffnete Terrassentür sah er sie auf der Schaukel sitzen. Ganz sanft bewegte sie sich vor und zurück. Nur ein paar Zentimeter, hin und her. Dann verließ sie die Schaukel und kam direkt auf ihn zu. In der Tür zum Garten blieb sie stehen. Ihr Blick ging genau bis zu ihm hin, so, als könnte sie ihn sehen. „Rufus, Rufus", konnte er deutlich von ihren Lippen ablesen. Er folgte ihr in die Küche.

Sie setzte sich an den Tisch und schrieb: Sind Sie da?

Ja.

Erzählen Sie mir von Ihrer Kindheit.

Rufus starrte auf den Satz und wusste nicht, was er tun sollte. Was soll ich erzählen?

Was Sie so erlebt haben.

Ich habe nichts erlebt.

Jedes Kind hat etwas erlebt. Sie können mir nicht erzählen, dass Ihre Kindheit so einfach an Ihnen vorüber gegangen ist.

Es gibt nichts Besonderes.

Lili wartete darauf, dass Rufus weiterschrieb, doch es kam nichts. Also hakte sie nach: Sind Sie niemals von einem Baum gefallen? Welche Abenteuer haben Sie mit Freunden erlebt? Hatten Sie keine schrullige, alte Tante, die einmal im Jahr zu Ihrem Geburtstag auftauchte? Ich hatte so eine. Sie drückte mich immer an ihren schrecklich heißen, dicken Busen, sodass ich fast erstickt wäre, und jedes Mal, wenn sie kam, musste ich mit ihr in einem Zimmer übernachten. Sie hat geschnarcht wie ein Nilpferd. Aber sie hat mir tolles Spielzeug geschenkt. Lili lachte herzhaft.

Rufus hätte alles dafür gegeben, ihr Lachen hören zu können. Er stellte es sich wundervoll vor. Nein, Lili, leider hatte ich keine alte, schrullige Tante mit einem dicken Busen. Ich bin nicht auf Bäume geklettert und Freunde hatte ich auch nie. Mein Vater war in der Werkstatt, meine Mutter im Haus beschäftigt, und die Untermieter bekam ich meistens nur beim Essen zu sehen.

Aber was haben Sie den ganzen Tag gemacht?

Ich war in meinem Zimmer.

Und dann?

Nichts.

Ach, Rufus! Gleich werde ich wirklich sauer. Was haben Sie in Ihrem Zimmer gemacht?

Das habe ich Ihnen, glaube ich, bereits geschrieben. Ich saß an meinem Schreibtisch und habe gelernt. Oder ich tat so, als ob, und sah aus dem Fenster.

Sie können nicht während Ihrer ganzen Kindheit nur aus dem Fenster gesehen haben.

Im Prinzip doch.

Na schön. Was haben Sie draußen gesehen?

Die große, schwarze Tanne im Vorgarten. Mein Blick fiel direkt darauf. Stundenlang habe ich versucht, die Eule, die darin lebte, zu beobachten, aber sie war gut versteckt. Nein, eigentlich war es gar keine Eule, sondern ein Käuzchen, doch das erfuhr ich erst viel später. Manchmal habe ich Briefe geschrieben, die ich zu einem Flugzeug zusammenfaltete und aus dem Fenster segeln ließ. Sie landeten irgendwo auf der Straße. Ich weiß nicht, ob überhaupt einmal jemand einen der Briefe gelesen hat.

Was stand denn darin?

Rufus dachte kurz nach. Ich weiß nicht, warum ich Ihnen das erzählen sollte. Ist das heute noch wichtig? Ein Blick auf Lili sagte ihm, dass es falsch gewesen war, so zu reagieren. Sie war verzweifelt.

Warum sehen Sie mich so an, Lili?

Das tue ich nicht, ich kann Sie noch immer nicht sehen. Sie bringen mich einfach aus der Fassung. Fällt es Ihnen so schwer, über sich zu reden? Vielleicht hilft Ihnen ja der Gedanke, dass Sie mir wahrscheinlich niemals begegnen werden.

Langsam erhob sich Rufus und verließ die Küche. Lili wartete auf neue Worte von ihm, doch es kamen keine. Sie fragte sich, ob sie vielleicht etwas geschrieben hatte, das ihn verletzt haben könnte. Für gewöhnlich redete sie viel und über alles, was sie beschäftigte. Sind Sie noch da?

Als sie sicher war, dass keine Reaktion mehr kommen würde, ging Lili ins Wohnzimmer, stellte eine neue Leinwand auf die Staffelei und begann zu malen.

Es war mild draußen und der blaue Abendhimmel über dem Garten erinnerte Rufus an seine Kindheit. Langsam wanderte er zur Vorderseite des Hauses und stellte sich an die Mauer des Windfangs beim Hauseingang. Er starrte nach oben in das düstere Geäst der schwarzen Tanne. Das hatte er seit mehr als zwanzig Jahren nicht mehr getan. Ob mein Käuzchen wohl immer noch darin lebt?, fragte er sich. Nein, sicher ist es tot und andere Käuzchen haben seinen

Platz eingenommen.

Rufus hockte sich ins Gras und wünschte, dass Lili bei ihm wäre, um mit ihm zusammen die Tanne zu betrachten.

Langsam wurde die Abenddämmerung von der Dunkelheit eingeholt. Groß und schwarz stand die Tanne vor ihm. Plötzlich wurde Rufus die Ähnlichkeit bewusst, die er selbst mit diesem ihm verhassten Baum hatte. Stets am selben Platz war er immer nur gerade in die Höhe gewachsen. Nichts konnte ihn von dort bewegen, nicht einen einzigen Zentimeter. Und genau so wollte Rufus es auch. Er wollte nicht nach Amerika gehen. Aber Lili hatte recht. Er konnte dadurch sein bisheriges Leben vollkommen ändern, ein anderer werden. Vielleicht der, der er immer sein wollte. Rufus war aufgewühlt. Änderte sich sein Leben nicht bereits schon dadurch, dass Lili hier war? Seit sie das Haus betreten hatte und mit ihm diesen schriftlichen Dialog führte, hatte er von Dingen erzählt, die er sein Leben lang verschlossen in sich getragen hatte. Lili war so anders als er. Sie redete, wie ihr der Schnabel gewachsen war. Sie war vergnügt und fröhlich und hatte Freunde. Warum war sie nicht schon früher in sein Leben getreten, oder noch besser – warum existierte sie nicht als realer Mensch in seiner Zeit?

Rufus suchte mit den Augen das Dunkel zwischen den Tannenzweigen ab. Er stellte sich vor, wie das Käuzchen seine Beute ausmachte. Blitzschnell breitete es seine Flügel aus und ließ sich auf sie herabfallen. Plötzlich kam es auf ihn zu, wurde größer und größer, bis es ihn mit seinen riesigen Klauen ergreifen konnte, um ihn zu verschleppen.

Erschrocken zuckte Rufus zusammen, als eine Gestalt um die Ecke bog. Lili verließ den Garten und ging auf die Straße.

Rufus stand auf und folgte ihr. Er bewunderte, wie frei und sicher Lili sich allein im Dunkeln bewegte. Ihm selbst hatte die Dunkelheit immer Angst gemacht. Aber jetzt, da er Lili folgte, empfand er eine Ruhe, die er nicht von sich kannte. Lili ging forsch und zielstrebig. Nach etwa einer halben Stunde gelangten sie an den kleinen See, an dem Rufus sonntags oft mit seinem Vater beim Angeln gesessen hatte. Erstaunt verfolgte er, wie Lili sich auszog und vorsichtig ins Wasser ging. Mit kräftigen Zügen schwamm sie mitten auf den See hinaus.

Aus einem unwiderstehlichen Drang heraus entledigte Rufus sich ebenfalls seiner Kleider. Verstohlen blickte er sich dabei um, doch er konnte niemanden entdecken, der ihn hätte sehen können.

Das Wasser war im ersten Moment erschreckend kalt. Rufus stand da und wusste nicht, ob er Lili folgen sollte. Angst kroch in ihm hoch. Er war kein guter Schwimmer und beneidete Lili um die Leichtigkeit, mit der sie sich im Wasser bewegte. In der Dunkelheit konnte er sie kaum noch sehen. Es dauerte einige Minuten, bis er es geschafft hatte, seinen ganzen Körper ins Wasser zu tauchen. Langsam machte er einige Züge vom Ufer weg. Als Rufus sich wieder hinstellen wollte, hatte er keinen Grund mehr unter den Füßen. Panik ergriff ihn. Wild mit den Armen rudernd versuchte er, so schnell wie möglich das Ufer zu erreichen. Er schwamm so lange, bis er mit den Knien auf den Grund stieß. Mit pochendem Herzen stolperte er aus dem Wasser und setzte sich ans Ufer. Er zitterte vor Kälte. Schnell zog er sich an und ging zurück nach Hause. Er war froh, dass ihm niemand begegnete, denn er wollte nicht, dass jemand die Tränen sah, die ihm lautlos die Wangen hinunterrannen.

Rufus betrat das dunkle Wohnzimmer und schaltete das Licht neben dem Sofa an. Sein Körper erstarrte, als er die neue Leinwand auf der Staffelei entdeckte. Lili hatte die schwarze Tanne gemalt. Im Geäst, kaum erkennbar und doch vorhanden, saß ein kleines Käuzchen. Rufus stürzte auf das Bild zu und prügelte wild darauf ein. Seine Fäuste schlugen ins Leere, bis er völlig außer Atem war. Erschöpft ging er in die Küche und ließ sich mit bleiernen Gliedern auf einen Stuhl fallen.

Lili, so kann das nicht weitergehen. Sie bringen mein ganzes Leben durcheinander. Ich tue Dinge, die ich nie getan habe, kann nachts nicht mehr schlafen und mich nicht genügend auf meine Arbeit konzentrieren. Unsere Unterhaltungen wühlen mich auf und rauben mir Nerven und Zeit. Ich fühle mich krank. Bitte gehen Sie weg von hier!

Rufus saß da und weinte. Bis er Lili traf, hatte er seine Tränen seit dem Tod seines Vaters zurückgehalten. In die Nässe, die sie auf dem Papier hinterließen, schrieb er: Nein, gehen Sie nicht. Vielleicht sterbe ich dann und das will ich nicht. Ich könnte versuchen, Ihnen aus dem Weg zu gehen und mir dadurch Ihr Nichtvorhandensein vorgaukeln. Am besten halten Sie sich an feste Essenszeiten, damit ich mich rechtzeitig aus der Küche zurückziehen kann. Wenigstens so lange, bis ich mich daran gewöhnt habe, dass Sie hier sind. Vielleicht wären auch feste Schlafenszeiten nicht schlecht, Lili. Sie liegen jede Nacht nackt neben mir, ist Ihnen das bewusst?

Als Lili eine dreiviertel Stunde später in der Küche auftauchte, saß Rufus immer noch am Tisch, den Kopf in seine Hände gestützt. Er nahm wahr, wie Lili den Block zu sich zog und las. Rufus fühlte ihren Blick auf sich ruhen. Er sah auf und wurde in seinem Gefühl bestätigt. Lili stand vor ihm und starrte ihn an, doch ihr Blick ging durch ihn hindurch. Sie drehte sich um, nahm eine Flasche Wasser aus dem Kühlschrank und verschwand. Auf dem Weg schaltete sie das Licht aus und Dunkelheit legte sich über das Haus im Jahr 2011.

Erschöpft und müde folgte Rufus ihr ins Wohnzimmer. Gleichzeitig verriegelten sie die Terrassentür und anschließend die Haustür, bevor sie gemeinsam nach oben gingen. Das Treppensteigen fiel ihm besonders schwer.

Während er sich selbst auszog, verteilte Lili bereits ihre dünne Hose und das feuchte T-Shirt wie gewöhnlich auf dem Boden des Schlafzimmers, bevor sie ins Bett kroch. Die leichte Sommerdecke zog sie lediglich bis über den Po, sodass ein Bein herausschaute. Ihr Busen wölbte sich sanft nach außen. Zwei wundervolle Halbkugeln, an die sich Rufus jetzt gerne gelehnt hätte.

Fast gleichzeitig schalteten sie die Nachttischlampe aus. Ein weißer Vollmond schickte sein fahles Licht auf den Fußboden vor dem weit geöffneten Fenster. Die tagsüber so fröhlich bunten Farben des Teppichs davor schimmerten jetzt grau und kalt.

Mit fragendem Blick betrachtete Lili den Mond. Warum treffe ich immer wieder auf Menschen, die mir den Rücken zukehren, wenn sie die Wahrheit über sich selbst erfahren? Sie wusste genau, dass Rufus erst durch sie angefangen hatte, über seine Kindheit nachzudenken. Es war immer das Gleiche: Sie lernte Menschen kennen, die zu erzählen begannen, weil Lili gut zuhören konnte. Wenn sie jedoch anfing zu bohren, ertrugen die meisten Leute es nicht lange, mit ihr zusammen zu sein. Sie fühlte sich verantwortlich für die Situation, in der Rufus sich befand. Mit Schuldgefühlen schlief sie ein.

Rufus dagegen konnte seine Gedanken noch lange nicht von dem Bild abwenden, das er zuvor im Wohnzimmer entdeckt hatte. Im Geiste versuchte er es auf die Tanne im Garten zu übertragen und merkte sich die Stelle, wo der Vogel saß. Morgen Nacht wollte er nachsehen, ob er das Käuzchen vielleicht fände. Mit diesem Gedanken sank er in einen beängstigenden Traum, der denen seiner Kindheit gefährlich nahe kam.

Kapitel 9

Rufus wurde von Geräuschen aus dem Bad geweckt und stellte fest, dass Lili schon auf den Beinen war. Irritiert lauschte er dem lauten Prasseln des Wassers in der Duschkabine und dem leisen Summen einer Frauenstimme. Schlagartig wurde ihm bewusst, dass er Lili gar nicht sah, sondern hörte. Bisher war das nicht möglich gewesen. Warum jetzt? Plötzlich verstummten die Geräusche. Angestrengt starrte Rufus in den hauchfeinen Nebel, der durch die geöffnete Badezimmertür in das Schlafzimmer strömte und sich verflüchtigte, noch bevor er die Mitte des Raumes erreicht hatte.

Draußen strahlte wie jeden Morgen seit vierzehn Tagen ein wolkenloser blauer Himmel. Es hatte sich in der Nacht kaum abgekühlt. Rufus grübelte gerade darüber nach, wann es zum letzten Mal geregnet hatte, als Lili aus dem Bad kam.

Sie rubbelte sich die Haare mit einem Handtuch, während sie den Schrank öffnete. Es war von Anfang an verblüffend für Rufus gewesen, Lilis Kleider in seinem Schrank hängen zu sehen. Auf seltsame Weise vermischten sie sich mit seinen eigenen, doch immer, wenn er versuchte, ihre Kleider zu berühren, hielt er stattdessen etwas von sich in der Hand.

Lili zog einen Slip an und ließ ein hauchdünnes Sommerkleid über ihren Kopf und Körper fallen. Ihre Brustwarzen zeichneten sich deutlich darunter ab. Blitzschnell drehte Rufus sich auf den Bauch und steckte seinen Kopf unter das Kissen. Geduldig wartete er, bis er sicher war, dass Lili das Zimmer verlassen hatte.

Rufus fragte sich, wie lange er es noch ertragen konnte, mit einer Frau im selben Haus zu sein, deren Anblick, vor allem in entblößtem Zustand, ihn halb wahnsinnig machte. Er überlegte kurz, sich selbst eine andere Bleibe zu suchen, solange sie im Haus war oder mit seinen erforderlichen Unterlagen im Institut weiterzuarbeiten, doch er schob den Gedanken schnell wieder von sich. Dumm, wie ein kleiner Junge, kam er sich vor. Er hoffte, dass Lili nicht in der Küche war.

Zögernd ging er die Treppe hinunter und fühlte sich plötzlich viel älter als noch vor einigen Tagen, bevor Lili in sein Leben getreten war. Im Vorübergehen sah er sie im Wohnzimmer. Rufus kochte Kaffee und warf einen Blick auf den Block, der noch genauso da lag, wie am Abend zuvor. Sofort vermisste er das „Guten Morgen" in ihrer runden und geschwungenen Schrift. Er stellte sich ihre Stimme vor. Ganz deutlich konnte er sie hören, in einem tiefen, weichen Alt, kräftig und klar.

Den ganzen Tag versuchte er sich mit seinen Berechnungen und Aufzeichnungen zu beschäftigen, aber er konnte sich nicht konzentrieren. Immer wieder war er versucht, ins Wohnzimmer zu gehen, um nachzuschauen, was Lili tat. Doch er blieb standhaft und zwang sich, zu lesen, zu essen und weiterzuarbeiten. Lili tauchte nicht auf.

Am Abend war Rufus so beunruhigt, dass er es nicht mehr aushielt. Sie hatte den ganzen Tag kaum etwas gegessen und getrunken. Er stand auf und ging ins Wohnzimmer. Sie war nicht da. Auf der Staffelei fand er ein neues Bild, das den Kiesgrubensee zeigte, an dessen Ufern Bäume, Sträucher und Schilf wuchsen. Er kannte diese Ansicht seit seiner Kindheit. Was in seinem Bild nicht vorkam, waren die beiden Menschen. Ein erwachsener Mann und ein Junge saßen dort, der Mann eine Angel in der Hand, das Kind den Kopf leicht nach hinten streckend, sodass ihm der feine Regen ins Gesicht fiel. Der Betrachter schaute ihnen auf den Rücken. Rufus fiel sofort auf, dass sein Vater in seiner Haltung seltsam alt wirkte. Auch die Haare, die ihm bis auf die Schultern fielen, deuteten auf einen alten Mann. Sie waren schlohweiß. Rufus stand vor dem Aquarell und versuchte, sich das Bild seines Vaters ins Gedächtnis zu rufen. Verschwommen und diffus sah er ihn in seiner Werkstatt am Tisch sitzend, leicht vorgebeugt, die dicke Augenlupe im Gesicht, konzentriert auf die winzigen Innereien einer Armbanduhr schauend und dabei zu sich selbst sagend: „Ich habe die Unruh ausgebaut." Plötzlich wurde ihm klar, dass sein Vater schon immer ein alter Mann gewesen war. Soweit Rufus zurück denken konnte, hatte dieser weiße Haare gehabt, die bis zu den Schultern reichten. Woher hat sie das gewusst?, fragte er sich.

Erschrocken zuckte Rufus zusammen, als Lili plötzlich

neben ihm stand und mit nachdenklichem Blick ihr Werk betrachtete. Nach einer Weile ging sie durch ihn hindurch und verschwand im Flur. Fast hatte Rufus das Gefühl, die Luftbewegung zu spüren, die sie im Vorübergehen verursachte. In der Küche hielt sie ihre Hände unter das fließende Wasser, legte sie gegen ihre Wangen und verweilte einen Moment in dieser Haltung.

Rufus setzte sich an den Küchentisch und schrieb mit seinem roten Stift auf den Block: Also gut, Lili, so geht es auch nicht. Ich ertrage es keine fünf Minuten, in denen wir nicht miteinander korrespondieren. Hiermit nehme ich also meinen Wunsch, in Ruhe gelassen zu werden, zurück. Sie haben sich mittlerweile so sehr in mein Leben eingemischt, dass ich nicht umhin komme, mich damit auseinanderzusetzen. Es tut zwar weh, aber ich glaube, mir bleibt nur diese eine Möglichkeit. Wenn Sie jetzt gingen, was würde dann aus mir werden? Bitte, bleiben Sie!

Er hatte diese Worte kaum zu Papier gebracht, als Lili bereits mit nassen Händen nach dem Block griff und las. Sie schrieb: Ich hatte nicht vor zu gehen. Sehen Sie, Rufus, ich bin nun mal hier, und dass Sie ebenfalls hier sind, dafür kann ich nichts. Es sollte eigentlich nicht so sein, aber wir können es offenbar nicht ändern. Eine Lili Robinson lässt sich nicht so einfach abschütteln, wenn sie einmal irgendwo angekommen ist. Sie würden mich auch nicht loswerden, wenn Sie mich bäten. Aber ich bleibe nicht, weil Sie es so wollen. Es kann passieren, dass ich morgen entscheide, woanders zu leben. Ich glaube bereits erwähnt zu haben, dass ich ein sehr eigenwilliger Mensch bin. Darin, Rufus, unterscheiden wir uns sehr. Wenn ich irgendwann wieder gehe, dann nur, weil ich es so will. Und natürlich, wenn Rufus aus

Amerika zurückkehrt. Haben Sie mein Bild gesehen?

Rufus zögerte einen Moment. Warum sind Sie plötzlich so sachlich?

Bin ich das? Dessen bin ich mir nicht bewusst.

Ja, sind Sie. Ihre Worte klingen plötzlich kalt und distanziert.

Vielleicht ist das notwendig, Rufus. Was hätten wir davon, wenn ich Ihre Gefühle erwidern wollte? Ich kann Sie nicht sehen. Soll ich ein Bild lieben?

Nein, verdammt, niemand verlangt das von Ihnen! Am wenigsten ich. Aber wir können Freunde sein, zumindest für die Zeit, die Sie hier in meinem Haus verbringen.

Das könnte für Sie aber schwierig werden.

Wie meinen Sie das?

Weil ich ein Mensch bin, der andere die Wahrheit über sich selbst aussprechen lässt. Das ergibt sich immer ganz von selbst. Einige Freundschaften haben darunter sehr gelitten, denn viele laufen vor der Wahrheit davon.

Das klingt ein bisschen, als seien Sie ein Monster.

Nein, kein Monster, ich bin einfach nur ich, das ist alles.

Rufus merkte Lili an, dass sie auf eine Reaktion von ihm wartete. Er sah, wie es in ihrem Kopf arbeitete. Warum haben Sie meinen Vater als alten Mann gemalt?, schrieb er schnell.

War er kein alter Mann?

Rufus zögerte erneut. Doch, das war er wohl. Schon als ich zur Welt kam.

Warum fragen Sie dann?

Vielleicht, weil es mir heute erst klar geworden ist.

Durch mein Bild?

Ja.

Ich habe ihn einfach so gemalt, wie ich ihn mir vorstelle. Wahrscheinlich deshalb, weil Sie mir schrieben, dass er den ganzen Tag in einer düsteren Werkstatt gearbeitet hat. Ich glaube, dass das nur alte Männer tun. Ein junger Mann verkriecht sich nicht im Keller.

Aber er hat dort gearbeitet. Wie kommen Sie darauf, er habe sich verkrochen?

Er hätte seine Werkstatt doch auch im Wohnzimmer einrichten können, oder? Es ist groß genug. Mit einer Trennwand dazwischen hätte der Rest des Raumes immer noch genügend Platz für die ganze Familie geboten.

Darüber habe ich noch nie nachgedacht, gab Rufus zu.

Warum auch? Sie haben sich ja bisher genauso verkrochen.

Fangen Sie schon wieder an?

Wieso? Womit? Damit, Ihnen zu sagen, dass Sie immer alleine sind und sich einigeln? Muss ich Ihnen das erst sagen, damit Sie es merken?

Vielleicht ist es nur die Art und Weise, wie Sie es sagen, Lili.

Ja, schwarz auf weiß, oder besser, blau auf blau sieht das alles viel schlimmer aus. Es sind Worte, die man nicht einfach so wieder vergessen kann, weil sie nur gesagt wurden. Das gesprochene Wort wiegt nur halb so viel wie das geschriebene, weil man leicht in Versuchung gerät zu behaupten, man könne sich nicht mehr daran erinnern. Wir aber können alles nachlesen. Es existiert so lange, bis dieses Papier eines Tages zu Staub zerfällt.

Rufus starrte Lili entgeistert an. Er fragte sich, auf was er sich da eingelassen hatte und wünschte, er hätte ihr lieber den Krieg erklärt.

Kann blaues Papier vergilben?, setzte Lili noch hinterher.

Rufus antwortete nicht, konnte allerdings auch nicht umhin, über diese Frage zu schmunzeln. Bevor er jedoch dazu kam, sich weiter über sie aufzuregen, wechselte Lili plötzlich das Thema.

Draußen blitzt und donnert es. Gleich gibt es Regen. Kommen Sie mit in den Garten? Sie stand auf und verließ die Küche. Rufus trottete hinter ihr her und kam sich plötzlich tatsächlich vor wie ein Hund. *Rufus – bei Fuß,* hallten ihre Worte aus seiner Erinnerung nach, als er neben Lili auf dem Rasen stehen blieb. Gerne hätte er ihr jetzt gesagt, dass er sich oft als Hund gefühlt hatte, wenn er seinem Vater sonntags zum Angeln gefolgt war.

Fasziniert beobachtete er, wie Lilis Kleid und Haare immer nasser wurden. Es mussten dicke Tropfen sein, die in ihrer Zeit fielen, sodass sie zunächst große, runde Wasserflecken auf das Kleid zeichneten und es dann in Sekundenschnelle durchnässten. Lachend hob Lili die Arme und streckte ihr Gesicht dem Regen entgegen. Rufus bedauerte sehr, nicht gerade das Gleiche empfinden zu können, denn in seiner Zeit war die Luft stickig und trocken.

Plötzlich zuckte Lili zusammen. Erschrocken wirbelte sie herum und rannte ins Haus. Rufus blieb noch einige Minuten im Garten, bevor er in die Küche zurückkehrte.

Kurze Zeit später kam auch Lili herein. Sie hatte sich eine dünne Pluderhose und ein weites T-Shirt angezogen. Ihre Haare waren feucht und standen strubbelig in alle Richtungen ab, so, als hätte sie sie, wie neulich, mit einem Handtuch vergewaltigt.

Neugierig fragte Rufus: Was war los? Sie wirkten so erschrocken.

Es gibt nicht viele Dinge, vor denen ich mich fürchte. Aber wenn es laut donnert, bin ich nicht gerne draußen.

Ich glaube nicht, dass hier ein Blitz einschlagen kann.

Trotzdem habe ich Angst davor, wenn ich draußen bin.

Es beruhigt mich, dass es etwas gibt, vor dem Sie Angst haben. Ich dachte schon, Sie wären absolut furchtlos.

Warum sollte ich keine Angst haben?

Sie wirken unerschrocken.

Lili lachte und schrieb: Am meisten fürchte ich mich vor Feuer. Ich habe panische Angst davor, alles zu verlieren, was ich besitze. Wenn ich verreist bin, werde ich regelrecht von dem Albtraum verfolgt, dass mein Haus nicht mehr stehen könnte, wenn ich zurück komme.

Warum?

Ich weiß es nicht. Es ist einfach so, obwohl ich weiß, dass die Wahrscheinlichkeit sehr gering ist.

Rufus wurde das Gefühl nicht los, dass Lili sich diese schreckliche Situation gerade bildlich vorstellte, zumindest ließ ihr angespannter Gesichtsausruck darauf schließen.

Sie stand auf und belegte sich eine Scheibe Brot mit gekochtem Schinken. Dazu bereitete sie einen kleinen Salat mit Tomaten, Gurke und frischen Kräutern.

Was haben Sie heute eigentlich noch gegessen?, erkundigte Rufus sich. Sie waren den ganzen Tag nicht in der Küche. Er stand auf und holte sich aus dem Keller eine Flasche Weißwein. Als er zurückkam, saß Lili kauend am Tisch und schrieb.

Ich war in der Innenstadt und habe in einer Gaststätte zu Mittag gegessen.

Wollen Sie auch etwas Wein?

Was trinken Sie?

Einen Kremser Sandgrube 1993.

Sie verschwand aus der Küche. Ein Blick in seine Unterlagen auf dem Tisch erinnerten Rufus daran, dass er Lili einen Vorschlag machen wollte: Was halten Sie davon, wenn wir es so machen, dass wir uns tagsüber nicht schreiben, damit ich arbeiten kann und Sie malen oder andere Dinge tun können. Und abends treffen wir uns hier in der Küche, wenn wir nichts anderes vorhaben. Einverstanden?

Inzwischen hatte Lili den Wein geöffnet und saß mit einem Glas wieder am Tisch. Sie kritzelte: Gut. Wie wäre es ab 19 Uhr?

Das ist eine gute Zeit. Länger habe ich es bisher auch nicht geschafft, mich in meinen Formeln und Theorien zu vergraben.

Wozu haben Sie unten in der Werkstatt Ihres Vaters eigentlich ein Labor eingerichtet? Sie arbeiten doch im Institut, oder?

Ja, normalerweise. Manchmal ist es jedoch unerlässlich, einige Experimente auch noch mal zu Hause durchzuführen. Die Werkstatt bietet sich dazu gut an.

Ist das nicht gefährlich?

Warum sollte es?

Haben Sie keine Angst, dass Ihnen eines Tages das Haus um die Ohren fliegt?

Ich arbeite nicht mit explosiven Stoffen. Es sind ganz unscheinbare Versuche mit gewöhnlichen Chemikalien. Sie müssen sich das nicht vorstellen wie in Filmen, in denen in dubiosen Laboren Reagenzgläser mit seltsam brodelnden Substanzen gefüllt sind und plötzlich alles in die Luft fliegt. Die Arbeit eines Chemikers sieht meistens ganz anders aus und ist viel, viel langweiliger.

Mein großer Bruder hat als Jugendlicher gerne chemische Experimente gemacht. Manchmal kam er zu mir und hat mir seine Versuche gezeigt. Einmal hat er irgendeine Säure von einem Reagenzglas in ein anderes geschüttet und dabei ging ein Tropfen daneben. Er fiel auf die Tischdecke, brannte ein Loch hinein und dann in den Tisch. Meine Mutter war total sauer. Er hat auch Knaller aus leeren Klopapierrollen gebaut, die er mit Schwarzpulver füllte. Einmal hat er damit beinahe unsere Kellertür aus den Angeln gehoben. Das war fast schon eine kleine Bombe. Die ganze Nachbarschaft hat sich über den Knall beschwert.

Was ist aus Ihrem Bruder geworden?

Auf jeden Fall kein Chemiker oder Bombenleger. Er ist wie mein Vater Musiker geworden. Als ich klein war, habe ich geglaubt, er könne zaubern, weil er farbige Flüssigkeiten durchsichtig machen konnte.

Dann bin ich auch ein Zauberer. Nichts ist einfacher, als das zu tun, was Ihr Bruder tat. Man braucht nur die entsprechenden Mittel. Jedes Kind kann das.

Jedes außer mir vielleicht. Ich habe das nie kapiert. Als Kind hatte ich mal einen Chemiebaukasten. Und ein Mikroskop. Aber irgendwie konnte ich mich nicht damit beschäftigen. Niemand hat mir gezeigt, wie ich damit umgehen muss.

Ich hatte leider nichts dergleichen. Was ich damit alles hätte machen können. Zuerst hätte ich wahrscheinlich ein Gift gebraut, um das Käuzchen in der Tanne zu vernichten.

Hätten Sie das wirklich übers Herz gebracht?

Mit ziemlicher Sicherheit. Ich habe diesen Vogel gehasst. Er hat mir riesige Angst eingeflößt. Sie können sich nicht vorstellen, wie oft ich wach lag, weil ich mich von ihm beobachtet gefühlt habe.

Haben Sie ihn gesehen?

Rufus dachte einen Moment nach. Nein, ich habe ihn nie wirklich gesehen. Manchmal hörte ich ein Flattern oder einen hohen Schrei vor meinem Fenster, aber gesehen habe ich nichts. Ich habe ja nie gewagt, aus dem Fenster zu schauen.

Das kann ich nachvollziehen. Als Kind habe ich mich im Dunkeln nie getraut, meinen Fuß über die Bettkante zu schieben, wenn mir zu warm war, weil ich glaubte, eine dunkle Fratzengestalt unter meinem Bett würde nach ihm greifen. Aus Angst habe ich natürlich nie nachgesehen, ob es stimmte. Hätte ich es nur einmal getan, hätte ich mich nie mehr zu fürchten brauchen. Aber man schaut nicht nach. Auch nicht, wenn man ein Geräusch im Keller hört. Statt zu ergründen, was die Ursache dafür ist, fürchtet man sich lieber. Ist das nicht komisch?

Aber wovor fürchtet man sich eigentlich wirklich?

Vielleicht davor, etwas zu entdecken, das so schrecklich ist, dass man es nie wieder aus seinem Kopf bekommt.

Möglicherweise fürchtet man sich ja auch vor der eigenen Lächerlichkeit, der man sich preisgibt, wenn man feststellt, dass es nichts Schreckliches, sondern ein ganz gewöhnliches Geräusch war.

Ich habe heute noch Angst, alleine in den Keller zu gehen. Ihren Keller finde ich auch unheimlich. Fürchten Sie noch irgendetwas anderes aus Ihrer Kindheit, Rufus?

Ich glaube nicht. Nur vor Amerika habe ich Angst.

Vielleicht können sie sich dieser Angst stellen. Ich meine, Sie wissen doch eigentlich, dass es nicht schrecklich ist. Es kann nur von Vorteil für Sie sein, wenn ...

Nein, Lili, ich kann nicht einfach sagen, ich schau mir das mal an, um dann vielleicht festzustellen, dass es gar nicht so schlimm ist. Was ist, wenn ich vor Angst sterbe?

Ach, Rufus, mehr, als sich in die Hose zu machen, wird dabei wahrscheinlich nicht rauskommen. Sie sind doch kein Kind mehr.

Das stimmt, ich bin kein Kind mehr. Aber Sie stellen sich das so einfach wie ein Kind vor.

Ich frage mich wirklich, wovor Sie tatsächlich Angst haben.

Das habe ich Ihnen bereits gesagt, Lili. Rufus wollte nicht mehr schreiben. Er fühlte sich plötzlich nicht gut. Lassen wir es für heute gut sein. Ich bin müde und es ist viel zu heiß, um noch weiter zu schreiben. Ich gehe jetzt schlafen.

Okay, flüchten Sie sich in Ihr Bett. Ich setzte mich noch ein bisschen in den Garten, wenn es aufgehört hat zu regnen.

Ich flüchte nicht. Ich bin wirklich müde.

Das glaube ich Ihnen ja. Gute Nacht, Rufus.

Gute Nacht, Lili.

Kapitel 10

Mit der Zeit fiel es Lili und Rufus immer leichter, sich nicht andauernd in die Quere zu kommen. Er saß von morgens bis abends in der Küche und arbeitete an seinem Buch, während sie sich meistens im Wohnzimmer aufhielt, das sie inzwischen in Atelier umbenannt hatte. Wenn sie die Küche betrat, um etwas zu essen, ließ er sich gerne stören und beobachtete, wie sie sich bewegte, als sei sie vollkommen alleine. Keiner von beiden machte den Versuch, den anderen tagsüber in ein Gespräch auf dem Luftpostpapier zu verwickeln. Lili hatte noch weitere Blöcke gekauft, denn inzwischen beschrieben sie bereits den vierzehnten. Anderes Papier, das hatten sie immer wieder ausprobiert, funktionierte nicht.

Lili malte unentwegt. Von Tag zu Tag wuchs die Anzahl der fertigen Bilder, auf denen sie zuerst die Erlebnisse und Momentaufnahmen der Erinnerungen von Rufus festhielt, und nach einiger Zeit auch ihre eigenen Kindheitserinnerungen mit einzuflechten begann. Sie malte Rufus und sich selbst, wie sie am Küchentisch sitzen und sich schreiben. Auf einem Bild sah man, wie Rufus die schaukelnde Lili anschubst. Ein anderes Bild zeigte Lili schwimmend im See, während Rufus ihr vom Ufer aus zuschaut. Er hatte ihr inzwischen von seinem missglückten Schwimmversuch erzählt. Unzählige Skizzen bedeckten den Fußboden im Atelier. Rufus als Kind vor vierzig Jahren, in seinem Bett liegend, ängstlich zum Fenster sehend, von wo aus ihn ein Riesenkäuzchen mit großen Augen fixiert. Der Sohn in der Werkstatt seines Vaters, der an der Werkbank Uhren repariert. Lili, die tief im Schatten einer Ecke des Kellers stehend die beiden beobachtet. Familie Wittgenstein beim Mittagessen mit zwei jungen Studenten, die keine Gesichter hatten, weil Rufus sich nicht an sie erinnern konnte. Unzählige Papierflieger aus einem Fenster im ersten Stock hinausfliegend und die Straße vor dem Haus bedeckend. Lili im weißen Sommerkleidchen unter der großen Tanne sitzend, Nachrichten auf den abgestürzten Papierfliegern lesend. Vater und Sohn auf dem Weg zum Angeln, gefolgt von Lili. Sie als Erwachsene über den schlafenden Jungen gebeugt, seine Bettdecke glattstreichend, und ihn küssend. Rufus senior, wie er das Fenster öffnet, um den schrecklichen Vogel zu verscheuchen. Große und kleine Uhren mit unterschiedlichen Zeitenangaben, die den Treppenaufgang im Flur schmücken, bei deren Betrachtung Rufus beinahe das Ticken hören konnte.

Hunderte Skizzen waren es, die Lili während der Abende in der Küche angefertigt hatte. Eine endlose Reihe stand bereits fertig bearbeitet in Acryl, Öl oder Pastellkreiden an den Wänden des Ateliers aufgereiht. Rufus liebte die Bilder. Er liebte Lili dafür, dass sie so hartnäckig daran festhielt, alles von ihm zu erfahren, was ihn jahrzehntelang nicht losgelassen hatte.

Lili selbst fürchtete sich oft vor neuen, unbekannten Geschichten aus Rufus' Vergangenheit, wenn sie sich schrieben. Er behielt für sich, dass er manchmal weinte. Sie wusste es trotzdem, weil die Tränen, die auf das Papier fielen, nicht zu übersehen waren, doch sie verriet es ihm erst nach mehreren Wochen.

Wie ist das möglich? Rufus wurde sofort hellhörig.

Ich weiß es nicht. Lili berührte vorsichtig das feuchte Papier. Ich kann sie auch anfassen, Rufus. Sie sind wirklich.

Er fuhr seinerseits mit dem Finger über die Tropfen. Hoffnung keimte in ihm auf, als er darin die erste Möglichkeit erkannte, Lili ein Stück näher zu sein.

Vielleicht gibt es noch mehr Gelegenheiten, von denen wir nichts wissen, kritzelte sie neben seine Tränen. Rufus, wir müssen nur herausfinden, was diese Sperre zwischen uns auslöst. Irgendetwas, das uns die Chance nimmt, uns so nah zu sein, dass wir beide uns sehen, hören und fühlen können.

Zwei Tage später, es war bereits Ende August, saß Lili in der Abenddämmerung auf der Schaukel und bewegte sich sanft vor und zurück. Hinter ihr stand Rufus und tat so, als würde er sie anschubsen. Nach einigem Hin und Her schaukelte Lili heftiger, sodass sie immer mehr Abstand zum Boden gewann. Manchmal gerate ich beim Schaukeln in einen regelrechten Rausch, hatte sie geschrieben. Rufus ahnte, dass sie diesen Zustand inzwischen erreicht hatte. Er stellte sich vor sie, um ihr Gesicht zu sehen. Vor allem, wenn sie nach vorne flog, legte sich ein Ausdruck voller Entzückung über ihre weichen Züge.

Plötzlich ging alles ganz schnell. Rufus war gerade näher an sie herangetreten, um so zu tun, als berühre er Lilis Füße für einen starken Anschubser, als er im nächsten Moment von etwas Hartem mitten im Gesicht getroffen wurde, rücklings ins Gras fiel und benommen liegen blieb. Lili schlingerte ihrerseits gefährlich mit der Schaukel hin und her. Ihr entzückter Ausdruck wich einem Entsetzen und sie versuchte, so schnell wie möglich zu bremsen, was die Schaukel jedoch noch heftiger ins Schlenkern brachte.

„Scheiße", stöhnte Rufus und setzte sich auf. „Was war das denn? Sie haben mich getroffen!" Er fasste sich ins Gesicht und an den Unterkiefer. Es tat weh, und sein Kinn fühlte sich an wie aufgeschürft. Er sah Lili ins Haus gehen, rappelte sich auf und folgte ihr.

In der Küche setzte sie sich an den Tisch und schrieb: Sind Sie da, Rufus?

Sie haben mich getreten! Ich stand beim Schaukeln direkt vor Ihnen und plötzlich trafen mich Ihre Füße mitten ins Gesicht. Jetzt habe ich einen Kratzer am Kinn.

Einige Tage später hörte Rufus ein zweites Mal unverhofft Lilis Stimme. Sie saßen am See und amüsierten sich auf dem blauen Papier über Lilis fantastische Geschichten, die sie sich während ihrer Kindheit ausgedacht hatte, um andere zu beeindrucken.

Ich habe viel gelogen, folgte Rufus ihren Worten. Als jüngste von sieben hörte man mir am wenigsten zu, und um mir Gehör zu verschaffen, habe ich immer furchtbar übertrieben. Aber niemand hat es mir übel genommen. Sie hat nun einmal sehr viel Fantasie, sagten die Großen immer. In meiner Welt sahen die Dinge eben ganz anders aus.

Und dann hörte Rufus Lili lachen. Völlig perplex dauerte es eine Weile, bis er realisierte, was gerade geschah. Ungläubig blickte er Lili an und horchte angestrengt. Hell und klar klang ihr Lachen, ein bisschen glucksend und unglaublich fröhlich. Im nächsten Augenblick, in dem er begriff, dass es tatsächlich ihr Lachen war, verstummte es wieder und zeigte sich ihm nur noch in Lilis Gesicht.

Die Momente, in denen Rufus plötzlich mit ähnlichen ungewöhnlichen Situationen konfrontiert wurde, häuften sich, jedoch so geringfügig, dass sie meistens schnell wieder vergessen waren.

Vielleicht sind wir doch beide irgendwie verrückt, Rufus, schrieb Lili an einem Abend im September, der dem heißen August mit milden Temperaturen und einem farbenfrohen, leuchtenden Kleid in Gelb, Orange und Rot folgte.

Verrückt geworden, weil unsere selbst gewählte Einsamkeit uns so einsam gemacht hat, dass wir uns jeweils den anderen ausgedacht haben.

Na ja, in dem Fall wäre ich verrückter als Sie, schließlich

kann ich Sie sehen und manchmal sogar hören.

Wir haben inzwischen September. Rufus in Amerika müsste meinen Brief längst bekommen haben. Warum antwortet er nicht?

Weil Sie selbst gesagt haben, dass niemand ein Chemiebuch mit Spannung liest. Erinnern Sie sich, warum Sie ursprünglich hierher gekommen sind, Lili? Sie wollten schreiben, oder? Das haben Sie getan. Jeden Tag.

Ja, mit Ihnen zusammen.

Wirklich mit mir? Was bin ich denn tatsächlich für Sie, Lili? Ihren Rufus in Amerika gibt es anscheinend nicht. Und deshalb fange ich so langsam an, auch an mir zu zweifeln. Manchmal habe ich das Gefühl, als lebte ich in meinem Jetzt nicht wirklich. Ich hatte sogar schon den Gedanken, ich könnte tot sein. Mein Leben - aus und vorbei an der Stelle, an der ich mein Buch schreibe. Vielleicht endet das Leben darin, dass man verdammt ist, immer und immer dasselbe zu tun. Das Zeitbild bleibt zwar stehen, bewegt sich aber trotzdem auf der Stelle. Das klingt so fantastisch, dass ich mir sogar zusammenspinnen könnte, eine der vielen Figuren aus Ihren Geschichten zu sein. Ich gebe zu, dass mir dieser Gedanke gefällt.

Und Ihre Tränen, die ich anfassen kann? Was ist mit denen?

Vielleicht haben Sie selbst über das, was Sie von meinen Erinnerungen niedergeschrieben haben, geweint.

Und der Tritt beim Schaukeln? Das nasse Handtuch, das Sie auf dem Bett gefunden haben? Der gelbe Farbklecks im Atelier, auf den Sie getreten sind und den Sie im Haus verteilt haben? Ich habe die Spuren noch nicht weggewischt. Mein Lachen am See? Alles nur ausgedacht? Nein, Rufus.

Trotzdem ist das Ganze total verrückt. Ich überlege ernsthaft, zum Arzt zu gehen.

Und dann?

Ist diese Geschichte vorbei.

Entsetzt starrte Rufus auf Lilis letzte Worte.

Ist das Ihr Ernst?

Ich weiß es nicht. Vielleicht. Ich will nur, dass alles wieder
normal wird, Rufus. Aber wenn alles so wäre wie früher, bevor wir uns begegneten, sind wir uns dann nicht trotzdem
begegnet? Wir wissen das! Sie sind da und ich bin da, hier
und jetzt, oder?

Manchmal endeten die Dialoge im Nichts. Lili saß dann
stundenlang im Garten auf der Schaukel oder kritzelte
Quadrate auf ihr Skizzenpapier, während Rufus über seinen
Formeln brütete oder unter der kalten Dusche stand.

***

Der Herbst schritt in schnellen Schritten voran. Mitte Oktober fielen in beiden Jahren die ersten Blätter und die Tage
wurden, jeden Abend kaum merklich, ein bisschen kürzer.

Zum wiederholten Mal erzählte Rufus von seinem Zimmer, in dem sich sein Vater erhängt hatte. Ich habe bis heute
nicht verstanden, warum er mir das angetan hat, Lili.

Vielleicht hat er es nicht mit böser Absicht getan. Der Haken in der Decke bot sich für sein Vorhaben wahrscheinlich
an. Es war die schnellste Lösung.

Im Flur gibt es auch einen Haken für die Lampe.

Zu umständlich. Ich glaube, wenn man beschlossen hat,
sich umzubringen, dann will man das sofort und ohne Um-
schweife tun. Planung ist da nicht wirklich angebracht.

Sein Selbstmord war mit Sicherheit geplant. Er hat sich ja vorher sogar die Zeit genommen, seine Uhr auseinander zu nehmen.

Aber nur, um die Unruh auszubauen, Rufus. Lili stellte sich bildlich vor, wie Rufus senior hinter der Tür des Zimmers hing, leicht hin und her schaukelnd, wie das Pendel einer Uhr. Haben Sie je mit dem Gedanken gespielt, das Regal wegzuschieben und Ihr Zimmer noch mal zu betreten?

Die Antwort ließ eine Weile auf sich warten.

Tausend Mal.

Was hält Sie davon ab?

Vielleicht der Gedanke, dass mein Vater immer noch dort hängen könnte.

Aber Sie wissen, dass er beerdigt wurde.

Ja.

Vor einigen Wochen, als Sie mir schrieben, wie ihr Vater starb, habe ich diese Szene gemalt. Das Bild habe ich versteckt, weil ich dachte, es sei nicht gut, wenn Sie es sehen. Ich habe Angst, es Ihnen zu zeigen, aber ich möchte es so gerne, Rufus. Wollen Sie es sich anschauen?

Sie haben meinen Vater gemalt, wie er sich erhängt? Rufus Herz begann zu rasen.

Nicht, wie er es tut. Als er es schon getan hat. Sie müssen sich das nicht ansehen!

Ich will es sehen, Lili.

Jetzt?

Ja.

Ich glaube, das ist keine gute Idee.

Zeigen Sie es mir. Er stand auf und ging ins Wohnzimmer.

Lili seufzte. „Scheiße", fluchte sie, „hätte ich nur nichts gesagt." Sie ging in ihr Atelier, holte eine in ein weißes Tuch gehüllte Leinwand hinter dem roten Samtsofa hervor und stellte sie auf die Staffelei. Vorsichtig zog sie an dem Tuch, sodass es sanft zu Boden glitt.

Rufus starrte das Bild an. Durch die geöffnete Tür zu seinem Zimmer blickte er auf eine weiße Wand, in deren Mitte eine große Uhr hing. Rufus erinnerte sich daran, was er Lili geschrieben hatte, als er vom Tod seines Vaters erzählte. Wie das Pendel einer Uhr bewegte er sich sanft hin und her. Rufus drehte sich um, ging hinaus in den Garten und weiter durch das Tor vorm Haus. Er lief die Straße entlang. Ohne einen Gedanken folgte er ihr, ohne ein Gefühl und ohne Tränen, immer geradeaus.

Sind Sie da, Rufus? Lili wartete eine Weile. Bitte, wenn Sie hier sind, dann antworten Sie mir, flehte sie, doch Rufus meldete sich nicht. Ein schlechtes Gewissen nagte an ihr. Was habe ich Ihnen angetan?, schrieb sie. Ich habe Sie verletzt. Das hätte ich nicht tun sollen. Es war falsch, Ihnen von dem Bild zu erzählen. Ich hätte es Ihnen nicht zeigen sollen. Bitte verzeihen Sie mir, Rufus.

Lili ging hinaus in den Garten und setzte sich auf die Schaukel. Sie betrachtete den klaren Sternenhimmel über sich. Mit einem Mal wünschte sie sich zurück in ihre Stadtwohnung und niemals hergekommen zu sein. Sie hatte Angst, dass Rufus sich etwas antun würde. Lautlos liefen ihr Tränen die Wangen herunter. Plötzlich war ihr klar, dass sie weit mehr für Rufus empfand, als sie sich bisher eingestanden hatte. Aufgeregt rannte sie zurück in die Küche und schrieb: Rufus, ich glaube, ich liebe Sie. Bitte tun Sie sich nichts an!

Kapitel 11

Rufus war zum See gegangen. Er ließ sich an der Stelle nieder, wo er früher mit seinem Vater beim Angeln gesessen hatte. Ein Regentropfen fiel auf seine Wange. Rufus fühlte sich leer und ausgelaugt. Dem ersten Tropfen folgten weitere. Sanft und kühl trafen sie ihn am ganzen Körper. Rufus ließ es einfach geschehen. „Es regnet Tränen", sagte er laut und fragte sich, ob Lili das gesagt hatte. „Lili", flüsterte er. Er beugte seinen Kopf in den Nacken, machte den Mund auf, streckte seine Zunge weit heraus und versuchte, einzelne Tropfen einzufangen. Das hatte er seit mehr als dreißig Jahren nicht mehr getan. Rücklings legte er sich in das feuchte Gras und ließ den Regen auf seine Haut rieseln. Mit geschlossenen Augen fühlte es sich so an, als würde eine kühle Hand sein Gesicht berühren. Er wünschte, es wäre Lilis Hand. Eine Viertelstunde lang verharrte er in dieser Position, dann hörte es auf zu regnen.

Zurück im Haus ging Rufus sofort in die Küche. Er hoffte, Lili dort anzutreffen, aber sie war nicht da. Stattdessen las er, was sie zuletzt geschrieben hatte, und antwortete, ohne zu zögern: Keine Sorge Lili, ich habe mir nichts angetan. Ihr Bild war erschreckend, aber es war trotzdem gut, dass Sie es mir gezeigt haben. Ich werde deswegen vielleicht heute Nacht nicht gut schlafen. Ihr letzter Satz macht mir jedoch Hoffnung, keine schlechten Träume zu haben. Danke.

Nachdenklich ging Rufus die Kellertreppe hinunter. Er öffnete die Tür zur Werkstatt und schaltete die Deckenlampe an. Sofort fiel sein Blick auf die Werkbank seines Vaters.

Vorsichtig ging er darauf zu und betrachtete eine Weile stumm die einzelnen Teilchen der Uhr. Jedes konnte er mit seinem Namen benennen. Rufus sah vor seinem inneren Auge seinen Vater, wie er auf dem Stuhl saß und ihm erklärte, wofür all die winzigen Gegenstände benötigt wurden. Es gab den Rotor, den Lagerstein, die Spannklinke, das Spannrad, die Werkplatte, das Ankerrad, die Krone, die Unruh ... „Ich habe die Unruh ausgebaut", hörte Rufus seinen Vater leise sagen. Noch bevor Rufus in die Schule gekommen war, hatte der Uhrmachermeister ihm erklärt: „Die Unruh ist das Herz einer Uhr. Funktioniert sie nicht, funktioniert nichts mehr richtig im Leben des Besitzers, denn er verliert den Bezug zurzeit. Und wenn die Uhr aufhört zu laufen, ist es auch mit dem Besitzer aus und vorbei. Alles ist verloren." Bis heute dachte Rufus junior, sein Vater hätte tatsächlich geglaubt, das Leben eines Menschen hinge von seiner Taschen- oder Armbanduhr ab. Doch als er jetzt vor der Werkbank stand, wurde ihm plötzlich klar, dass es nicht die Uhren selbst waren, von denen der Vater gesprochen hatte. Es waren die inneren Uhren der Menschen, die er gemeint hatte. Armbanduhren, Taschenuhren, Tischuhren, Wanduhren – sie alle waren nur das Symbol für etwas gewesen, das Rufus senior sein Leben lang beschäftigt hatte. Er hatte immer davon gesprochen, das Leben all der Menschen in seinen Händen zu halten, deren Uhren er reparierte. Aber auch das war nur symbolisch gemeint. Einzig sein eigenes Leben hatte er beeinflussen können.

„Warum habe ich damals nicht genau hingehört, als er sagte, er habe die Unruh ausgebaut?", klagte Rufus laut. Im Grunde kannte er die Antwort. Er hatte zwar den Philosophen in seinem Vater gesehen, der seinem Sohn von Dingen erzählte, die ihn beschäftigten, aber der Sohn selbst war nie ein Philosoph gewesen. Lili und Vater hätten sich wahrscheinlich sehr gut verstanden, dachte Rufus. Stück für Stück nahm er die kleinen Teilchen der Uhr in seine Hand und steckte sie behutsam in seine Hemdbrusttasche. Auf dem Weg zur Tür warf er noch einmal einen letzten Blick zurück auf den Werktisch. Fast schien es ihm, als sehe er seinen Vater daran sitzen, über eine Uhr gebeugt, das lange Haar sanft über die Schultern gleitend, ihm zu murmelnd: „Vergiss nicht, die Deckenlampe auszumachen, mein Junge."

Sofort nachdem sie am nächsten Morgen aufgewacht war, sprang Lili aus dem Bett und hastete hinunter in die Küche, um zu sehen, ob Rufus ihr eine Nachricht hinterlassen hatte. Bereits beim Betreten der Küche sah sie die rote Schrift, die von Weitem wirkte wie eine dünne Linie. „Gott sei Dank", entfuhr es ihr erleichtert. Eilig schrieb sie: Lieber Rufus, was bin ich froh, dass Sie noch da sind. Ich hatte wirklich große Angst um Sie. Es muss grausam gewesen sein, was mein Bild mit Ihnen gemacht hat. Ich schäme mich, Sie damit konfrontiert zu haben, auch wenn Sie behaupten, es sei gut so gewesen. Es hätte genauso gut eine ganz andere Reaktion hervorrufen können, zum Beispiel, dass Sie mich dafür hassen. Ich glaube, ich liebe Sie wirklich, und jetzt, da ich weiß, dass Sie noch hier sind, habe ich das Bedürfnis, Sie in den Arm zu nehmen und nicht mehr loszulassen.

Lili legte den Stift hin und setzte Wasser für Kaffee auf. Der Kessel summte leise vor sich hin, während sie einen Abstecher ins Atelier machte und das Bild auf der Leinwand betrachtete. Plötzlich erschien es ihr kalt und beängstigend.

Sie nahm das Tuch vom Boden auf, hüllte das Werk lautlos damit ein und stellte es wieder zurück hinter das Sofa.

Lili saß am Tisch und starrte aus dem Küchenfenster, als Rufus die Küche betrat. Er setzte sich neben sie, nahm seinen Stift und schrieb: Guten Morgen, Lili.

Die Bewegung auf dem Papier lenkte ihre Aufmerksamkeit sofort zurück auf den Block. Sie schrieb hinter den Gruß: Es ist seltsam, auf eine Seite zu schauen, auf der sich die Worte wie von selbst bilden. Je länger ich Sie nur in schriftlicher Form wahrnehme, Rufus, um so eher glaube ich, dass dies alles nur Auswüchse meiner Fantasie sind. Ein schrecklicher Gedanke, der mich nicht loslässt. Ich hatte vor, eine Geschichte zu schreiben und zu illustrieren, als ich hierher kam. Im Grunde genommen habe ich das sogar getan, mit Ihnen zusammen. Eigentlich ist alles so gekommen, wie ich es geplant hatte. Die Entwicklung der ganzen Geschichte allerdings läuft irgendwie verkehrt, weil ich nicht mehr unterscheiden kann, was davon Realität und wie viel meiner Fantasie entsprungen ist. Das alles entspricht nicht so ganz der Vorstellung, die ich ursprünglich im Kopf hatte.

Rufus las mit. Es dauerte einige Minuten, bis er reagierte: Es ist naheliegend, dass irgend etwas nicht stimmt, darüber brauchen wir nicht neu nachzudenken. Die Frage ist nach wie vor: Was stimmt eigentlich nicht? Manchmal komme ich mir vor wie in einem Theaterstück, in dem ich den Sinn meiner Rolle nicht erkennen kann. Gestern Abend habe ich etwas ganz Seltsames getan. Nachdem ich Ihr Bild sah, lief ich aus dem Haus und ging zu unserem See. Es regnete und ich fing mit meiner Zunge Regentropfen auf, die vom Himmel fielen. Später zu Hause ging ich in den Keller. Ich hörte, wie mein Vater zu mir sprach. Wie damals lauschte ich ihm und plötzlich verstand ich, was er so oft gesagt hat. Endlich erkannte ich den Sinn, der hinter all den Monologen meines Vaters steckte, die mich als Kind so entsetzlich gelangweilt hatten. Ich wünschte mir, wieder ein Kind zu sein, um ihm sagen zu können, dass ich ihn verstehe, und dass ich immer bei ihm sein werde. Dann nahm ich seine Uhr vom Tisch. Ist das nicht merkwürdig? Ich habe seine Uhr, die so lange Zeit unberührt dort lag, einfach genommen. Plötzlich war es ganz leicht.

Nach und nach sah Lili vor ihren Augen die einzelnen Teilchen einer Uhr auf dem Küchentisch erscheinen. Sie langte nach einem kleinen Zahnrädchen, drehte es zwischen den Fingern und ließ los. Geschwind wie ein kleiner Kreisel bewegte sich das Rädchen über die Tischplatte hinweg, bis es gegen ihre Kaffeetasse stieß und zur Seite kippte. Lili sah überrascht auf. Haben Sie das gesehen, Rufus?

Waren Sie das, Lili?

Ja!

Sie können die Uhr anfassen?

Ja. Aber wie ist das möglich, Rufus? Lili wiederholte das Kreiseln mit allen Rädchen der Uhr.

Rufus beobachtete es fasziniert, bevor er selbst eines der Zahnräder nahm und es über den Tisch wirbeln ließ. Sie können mich jetzt nicht zufällig sehen, oder?

Ziellos irrte Lilis Blick durch den Raum.

Schon gut, es ist idiotisch zu glauben, dass es so einfach sein könnte.

Vielleicht hat es etwas mit der Zeit zu tun, Rufus, mutmaßte Lili. Die Uhr lag viele Jahre da unten in der Stille, bewegungsunfähig, weil das, was sie in Bewegung versetzen kann, ausgebaut war. Im Grunde ist für diese kleinen Teilchen keine Zeit vergangen. In dem Moment, als Ihr Vater die Unruh ausgebaut hat, ist die Zeit zum Stillstand gekommen.

Möglich, aber das erklärt nicht, warum Sie plötzlich Dinge aus meiner Welt sehen und berühren können. Ich habe heute etwas vor, Lili. Meine Angst davor ist groß, wahnsinnig groß sogar, aber ich bin davon überzeugt, dass ich es endlich tun muss. Ich will die Tür zu meinem Zimmer öffnen.

Die Tür zu Ihrem Kinderzimmer?

Ja.

Warum heute?

Wenn ich es heute nicht tue, dann wahrscheinlich nie mehr. Es ist so ein Gefühl, Lili, so, wie Sie gestern das Gefühl hatten, mir das Bild zeigen zu müssen.

Darf ich mir Ihr Zimmer auch ansehen?

Natürlich. Aber das Regal vor der Tür ist sehr schwer. Ich weiß nicht, ob Sie es alleine bewegen können.

Dann muss ich es eben leer räumen.

Rufus lachte. Davon bin ich ausgegangen.

Wann wollen Sie in das Zimmer gehen?

Jetzt.

Entschlossen stand Rufus auf und ging nach oben. Im Flur wartete er darauf, dass Lili erschien. Sie hatte einen Moment gebraucht, um zu begreifen, dass Rufus es ernst meinte und schon nach oben gegangen war.

Gleichzeitig begannen sie, die Bücher aus dem Regal zu räumen. Rufus, der sehen konnte, welche Bücher Lili nahm, griff nach denselben und stapelte sie an der Wand neben dem Regal. Eine Viertelstunde später war es leer und Lili versuchte, das Möbel zu schieben. Es war zu schwer. Ungeduldig entfernte sie die einzelnen Einlegeböden und lehnte sie gegen die Bücher. Nur mit Mühe war sie jetzt in der Lage, das zwei Meter hohe Möbel Stück für Stück von der Tür wegzuschieben, bis langsam ein Spalt frei wurde, der genügend Platz für ihren Körper bot, um hindurch zu schlüpfen.

Zögernd stand Lili vor der Tür. Ihre Hand ruhte auf der Klinke. Vorsichtig legte Rufus seine eigene darüber, bis er das kühle Metall fühlte. Es hatte etwas Befremdliches, zu sehen, wie sich beide Arme in seiner Hand vereinten. Er achtete genau auf Lilis Bewegungen. Gemeinsam drückten sie die Klinke herunter und schoben die Tür sanft nach innen auf, bis sie halb geöffnet war. Gespannt machte sie einen Schritt nach vorn. Rufus atmete tief ein und aus, bevor er ihr folgte.

Lili erschrak und schrie laut auf. „Rufus!?", stieß sie hervor.

„Lili." Die Überraschung stand Rufus im Gesicht geschrieben. „Ich kann Sie hören!"

„Und ich sehe Sie. Unglaublich!" Lili betrachtete Rufus, als sähe sie zum ersten Mal in ihrem Leben einen anderen Menschen.

„Hören Sie mich auch?", fragte er unsicher.

„Ihre Stimme klingt so tief." Lili spürte ein Kratzen im Hals.

„Und Ihre ganz anders, als ich sie mir vorgestellt habe."

Die beiden sahen sich entgeistert an. „Was ist passiert? Warum sind wir jetzt hier zusammen?" Rufus setzte sich auf das schmale Bett rechts von der Tür. Staub wirbelte auf.

Lili ging zu dem winzigen Fenster, dessen Scheibe vom Schmutz der letzten zwanzig Jahre blind geworden war.

„Das ist also das Zimmer, in dem Sie so viel gelernt haben?"

Rufus stellte sich neben Lili ans Fenster. „Ja, aber vielleicht sollten Sie lieber sagen, in dem ich so lange gefangen war."

Stumm standen sie sich gegenüber und sahen sich an. Nur eine Armlänge trennte sie voneinander. Rufus' Augen füllten sich mit Tränen. Lili wusste nicht, was sie tun sollte. Vorsichtig bewegte sie ihre Hand auf seine Wange zu und berührte mit ihren Fingerspitzen behutsam seine warme, von Bartstoppeln besetzte Haut. Eine Träne fiel auf ihre Hand und Rufus verschwand.

Lili stand da wie angewurzelt, ihre Hand an der Stelle verharrend, wo sie Rufus noch vor einer Sekunde gefühlt hatte. Unfähig, sich zu bewegen und sichtlich bestürzt, rief sie leise: „Rufus?!" Nach einigen Sekunden konnte sie sich aus ihrer Starre lösen. Sie rannte aus dem Zimmer und stürzte fast die Treppe hinunter, weil sie mit jedem Schritt zwei Stufen auf einmal nahm.

Die Küche war leer. Sind Sie hier?, schrieb sie so schnell, dass sie es selbst kaum lesen konnte. Sie starrte auf das Blatt Papier und wartete; fünf Minuten, zehn Minuten, aber nichts geschah. Totenstille umgab sie. Verzweiflung breitete sich in ihr aus. Unfähig, ihren Platz zu verlassen, hoffte sie, Rufus würde kommen und ihr schreiben, dass alles in Ordnung sei. Doch Rufus kam nicht.

Eine ganze Stunde lang fixierte Lili das Papier, als könne ihr Blick allein auslösen, dass sich Buchstaben darauf bildeten. Nur langsam entspannte sie sich.

Die Dinge, die sie tat, kamen ihr sinnlos vor. Sie spülte in der Küche das schmutzige Geschirr ab, sammelte im Schlafzimmer ihre Kleider vom Boden auf und legte frische Wäsche in den Schrank. Im Garten schaukelte sie gedankenverloren eine halbe Stunde lang. Sie stellte sich ins Atelier und betrachtete mit wehmütigem Blick all die Bilder, die sie in den letzten zwei Monaten gemalt hatte. Zuletzt las sie die zahllosen, mit tausenden blauen und roten Wörtern gefüllten Seiten des Luftpostpapierblocks, doch ihre Frage, die sie vor mehreren Stunden zuletzt geschrieben hatte, blieb unbeantwortet.

„Es muss das Zimmer sein", überlegte Lili laut. „Rufus hat geglaubt, dass er auf diese Weise die Vergangenheit begraben kann. Aber irgendwann holt einen die Vergangenheit doch ein."

Den ganzen Tag weinte sie vor sich hin. Sie war wütend, dass sie Rufus das Bild gezeigt und ihn damit provoziert hatte, zu reagieren. Lili glaubte, Rufus sei tot. „Ich habe ihn nur einmal berührt, und jetzt ist er tot", jammerte sie immer wieder schuldbewusst. Sie wünschte sich, es nie getan zu haben. „Dann wäre er vielleicht nie verschwunden."

Den Abend verbrachte Lili niedergeschlagen am Küchentisch. Gedankenverloren leerte sie eine Flasche 45er Tokaya, während sie den Block mindestens fünfhundert Mal mit ihrer letzten Frage füllte. Am nächsten Morgen wollte sie ihre Sachen packen und das Haus verlassen. Ohne Rufus war es kalt und leer.

Kapitel 12

Rufus betrat das Haus ganz leise. Er legte seine Windjacke im Vorübergehen über das Treppengeländer und ging weiter in die Küche. Bereits von der Tür aus sah er den Luftpostpapierblock, dessen erste Seite über und über mit blauen Worten gefüllt war. Er ging zum Tisch und drehte das Geschriebene so, dass er die Worte lesen konnte. Von Tränen verwischt stand dort unzählige Male in kaum leserlicher, völlig krakeliger Schrift: Sind Sie hier? Nur der letzte Satz war klar und deutlich in Lilis runder, weicher Schrift geschrieben. Rufus lächelte, als er las: Ich vermisse Sie.

Er nahm die leere Flasche Wein und roch daran. Überall auf dem Tisch und dem Fußboden darunter lagen zerknüllte Papiertaschentücher. An der Wand gegenüber, direkt über der Spüle, prangte ein gelber Fleck, dessen Spritzer offenbar vom Wurf eines gefüllten Weinglases stammten. Die Spüle und der Boden ringsum waren mit winzigen Splittern übersät. Rufus verließ die Küche und schlich die Treppe hinauf. Im oberen Flur stapelten sich unzählige Bücher an der Wand zu seinem Kinderzimmer, das leere Regal daneben war schräg zur Seite gerückt. Rufus' Blick fiel durch den Spalt auf die geöffnete Tür. Erleichtert atmete er auf.

Vorsichtig ging er Richtung Schlafzimmer. Vom Eingang aus sah er Lili auf seiner Seite des Bettes liegen, das Kopfkissen neben sich, die Decke nur über den Beinen. Das Bettlaken war zerwühlt und faltig, und kleine feuchte Schweißflecken zeichneten sich darauf ab. Rufus trat an das Bett heran und betrachtete liebevoll die nackte Lili. Ihre Brust hob und senkte sich gleichmäßig bei jedem Atemzug. Vorsichtig setzte er sich auf die Bettkante und strich ihr ganz zaghaft eine nasse Haarsträhne von der Stirn. Seine Fingerspitzen bahnten sich einen Weg hinunter zur Wange und ruhten dort für einen Moment, bis sie sich weiter zur Schulter tasteten. Mit sanftem Druck berührte er Lilis Brust. Schnell zog er die Hand zurück. Wenn sie aufwachte, wollte er nicht, dass sie dachte, er begehre nur ihren Körper. Er hatte sich lediglich Sicherheit verschaffen wollen, dass er nicht mehr träumte. Rufus wusste, dass sein Traum endlich ein Ende gefunden hatte. Zum ersten Mal glitt seine Hand nicht ins Leere, als er Lili berührte. Sanft drückte er ihre Schulter und flüsterte: „Lili."

Ihr Schlaf schien tief und fest. Rufus wartete, dass sie zu träumen beginnen würde. Still verharrte er auf der Bettkante und betrachtete ihr Gesicht, das sich dunkel vom Weiß des Bettlakens abhob. Ihre Augenlider begannen zu flattern. Rufus war aufgeregt. Seine Hand zitterte, als er noch einmal leicht gegen ihre Schulter drückte.

Lili blinzelte. Ein Zucken lief spürbar durch ihren Körper, bevor sie erschrocken die Augen aufriss.

Rufus zuckte ebenfalls zusammen, als Lili hochfuhr. „Keine Angst", reagierte er sofort besänftigend, „ich bin es nur."

Lili war sprachlos. Sie rieb sich mit den Händen übers Gesicht und starrte ihn mit offenem Mund an. „Rufus", murmelte sie mit belegter Stimme, „wo waren Sie?"

„In San Francisco."

„Was?" Verständnislosigkeit und Verblüffung spiegelten sich in ihrem Gesicht.

„Ich war in Amerika, Lili, die ganze Zeit. Es war alles nur ein Traum."

„Was?" Lili kramte in ihrem Gedächtnis nach anderen Worten, aber es fielen ihr keine ein.

„Werden Sie erst mal wach." Rufus lächelte und strich ihr sanft über die Wange. Lili berührte mit ihrer Hand unsicher sein Bein, zog sie jedoch schnell wieder zurück.

„Ich glaube, ich verstehe gar nichts mehr." Sie stand auf und versuchte, ihren nackten Körper mit der Bettdecke zu verbergen. Rufus schmunzelte.

„Sie brauchen sich nicht zu verstecken. Ich habe Sie in den letzten Wochen ziemlich oft nackt gesehen."

„Na, und?", fand Lili langsam zu ihrer Selbstsicherheit zurück, „dies ist etwas anderes. Jetzt kann ich Ihren Blick sehen."

Rufus stand auf. „Ich gehe nach unten und koche einen starken Kaffee, ja? Den können Sie heute Morgen sicher gebrauchen." Er verschwand aus dem Zimmer, während Lili einfach nur da stand, unfähig, sich zu bewegen.

Eine Viertelstunde später, nachdem sie in Windeseile geduscht und angezogen war, saß Lili neben Rufus am Küchentisch. Sie tranken Kaffee und sahen sich dabei unentwegt an. Ständig bat er sie, irgendein Geräusch zu machen, weil er noch immer nicht glauben konnte, dass er sie tatsächlich auch hörte. Lili hingegen starrte ihn immer wieder an und schüttelte ihren Kopf.

„Unglaublich", murmelte sie. „Was haben Sie oben gesagt?"

„Was denn?"

„Das mit dem Traum. Was haben Sie damit gemeint?"

Rufus atmete tief durch und räusperte sich: „Ich will ganz woanders beginnen, Lili, nämlich bei dem Zeitpunkt, als ich die Möglichkeit erhielt, nach Amerika zu gehen. Das war im letzten Jahr, also 2010. Mit ihr begann ein langer Kampf gegen mich selbst, den zu beschreiben ich kaum in der Lage bin. Zu Beginn dieses Jahres, als mein Buch veröffentlicht wurde, rang ich mich endlich durch, den Lehrstuhl in San Francisco anzunehmen. Anfang Juli trat ich die Reise an, allerdings nicht ohne das Gefühl, etwas sehr Wichtiges unerledigt hier zurückgelassen zu haben. Schon auf dem Hinflug nach San Francisco hatte ich große Zweifel an der Richtigkeit meiner Entscheidung, und als diese während meiner ersten Woche in der Fremde schließlich Überhand nahmen, beschloss ich, Amerika so schnell wie möglich wieder zu verlassen. Doch dann tauchten eines Nachts plötzlich Sie in meinen Träumen auf. Ich konnte Sie sehen, aber weder hören noch fühlen. Sie waren nicht fest, fast schon geisterhaft. Wir begannen über diesen Block, der hier liegt, miteinander zu kommunizieren und es stellte sich heraus, dass dies auch der einzige Weg für Sie war, mich wahrzunehmen.

Meine Entscheidung, nach Hause zurückzukehren, war zwar gefallen, allerdings zögerte ich, weil ich nicht wusste, wie ich mich Kollegen und Freunden gegenüber rechtfertigen sollte. Es war mir peinlich, zugeben zu müssen, dass ich Angst hatte. Also blieb ich noch. In der nächsten Nacht tauchten Sie wieder auf. Jede Nacht, die folgte, schrieben wir uns, Lili. Tagsüber ging ich meiner Arbeit an der Uni nach und nachts befand ich mich im Traum hier bei Ihnen. Ich fand diese Träume völlig verrückt, aber auch interessant. Auf der einen Seite waren sie lästig, doch auf der anderen Seite hatte ich das Gefühl, dass sie von großer Bedeutung sind. Einmal dachte ich sogar darüber nach, nur so aus Spaß, zu Hause anzurufen, um zu schauen, ob Sie vielleicht ans Telefon gehen würden, aber ich tat es nicht, weil ich nicht wirklich erwartete, dass Sie hier wären. Schließlich gehörten Sie meiner Traumwelt an und nicht der Realität, also gab es keinen Grund für mich, plötzlich von heute auf morgen an unerklärliche Phänomene, wie das unsrige, zu glauben. Ich wusste zwar, dass jemand das Haus gemietet hatte, allerdings hatte ich den Makler gebeten, alles selbst zu regeln und mich nur im Notfall zu informieren. Es kam mir gar nicht in den Sinn, dass meine Träume in irgendeiner Weise etwas mit Ihrer Realität zu tun haben könnten. Wie auch? Ich hatte mich vorher nie wirklich mit Träumen oder deren Deutung beschäftigt." Rufus lachte laut. „Dazu war ich einfach zu wissenschaftlich. Ich war immer überzeugt, nur das glauben zu dürfen, was ich tatsächlich mit eigenen Augen sehen kann. Zumindest als Erwachsener."

Lili wusste, dass Rufus auf das Käuzchen in der Tanne anspielte, das er als Kind stets nur vermutet, aber nie gesehen hatte.

„Jede Nacht brachte mehr und mehr von dem zutage, was mich jahrelang hier gefangen gehalten hatte", erzählte er weiter. „Sie, Ihre Worte und Ihre Bilder haben mir Dinge gezeigt, die ich vergessen wollte. Meine Träume wurden mit der Zeit immer aufschlussreicher und deutlicher. Auf der einen Seite fieberte ich jeder Nacht entgegen, weil ich total gespannt war, was sich entwickeln würde, und vor allem, weil ich von Ihnen träumen wollte. Ich hatte mich in meine Traum-Lili verliebt, wie ich Sie für mich nannte. Auf der anderen Seite jedoch fürchtete ich die Träume, je intensiver ich durch Sie und Ihre Bilder mit meinen Ängsten konfrontiert wurde. So, wie wir es uns hier auch schrieben, glaubte ich immer mehr, ernsthaft krank oder verrückt zu sein.

Die größte Angst jagte mir das letzte Bild ein, das Sie mir vor zwei Tagen zeigten. Es war die Darstellung der Uhr, eigentlich die meines toten Vaters, in meinem Zimmer. Ich weiß nicht, warum ich immer glaubte, er hinge noch genauso da wie damals. Aber man kann eben solange glauben, dass etwas so ist, wie man es sich vorstellt, bis man nachsieht, wie es wirklich ist. Das haben Sie mir gesagt, und Sie haben recht, Lili." Rufus nahm Lilis viel kleinere Hand in seine. „Als wir letzte Nacht im Traum in meinem Zimmer standen, fühlte ich, wie all die Angst der letzten zwanzig Jahre von mir wich. Eine Erleichterung machte sich in mir breit, die ich bis dahin nicht gekannt hatte. Doch als Sie mein Gesicht berührten, wachte ich auf und lag natürlich in meinem Bett in Amerika. Im ersten Moment realisierte ich gar nicht, dass ich nur geträumt hatte, so deutlich konnte ich Ihre Hand noch auf meiner Wange spüren. Der Gedanke, ich könnte vielleicht tatsächlich während meiner Träume nach Hause reisen, kam mir zum ersten Mal."

Einen Moment lang schwieg Rufus. Lilis Augen zeichneten in Gedanken die markanten Falten seines Gesichtes nach, das ihr plötzlich so vertraut war. Ein Lächeln umspielte seine Lippen, bevor er weitersprach: „Wissen Sie, was gestern Morgen passiert ist, Lili? Das werden Sie nicht nicht glauben. Wir haben uns doch immer gefragt, warum Rufus in Amerika nicht auf Ihren Brief reagiert. Jetzt kann ich Ihnen eine Antwort darauf geben: Weil ich den Brief erst gestern Morgen erhalten habe. Sie können sich sicher vorstellen, wie verblüfft ich war, einen Brief, den wir im Traum zusammen schrieben, tatsächlich in der Hand zu halten. Ich glaubte zuerst an einen Scherz. Aber wer sollte sich diesen Scherz erlaubt haben? Niemand wusste etwas von unseren nächtlichen Begegnungen außer uns."

„Aber warum war er so lange unterwegs?", warf Lili ein.

„Das ist auf dem Brief nicht ersichtlich. Vielleicht hat er irgendwo auf seiner Reise einen längeren Aufenthalt gehabt."

„Wahrscheinlich steckte er in einem Postsack fest und ist mehrmals hin und her geschickt worden", fantasierte Lili. „Und Irgendwann hat er sich dann gelöst und konnte weiterreisen."

„Ja, verrückt, oder? Wenn ich den Brief früher bekommen hätte ..."

„... dann wäre alles anders gekommen, Rufus", unterbrach Lili ihn. „Sie haben ja gar nicht an meine Existenz geglaubt. Vielleicht hätten Sie zwar Kontakt zu mir aufgenommen, aber als wir den Brief schrieben, hatten Sie mir gerade erst gestanden, in mich verliebt zu sein."

„Richtig", stimmte Rufus ihr zu und lächelte erneut. Erst jetzt wurde ihm bewusst, dass er immer noch Lilis Hand hielt. Mit seinen Fingerspitzen fuhr er zärtlich über die samtige, gebräunte Haut. „Meine Sehnsucht nach dir musste erst noch geboren werden", flüsterte er fast. „Als ich gestern den Brief in meiner Hand hielt, wusste ich, dass du hier sein musst. Ich hielt mich zuerst für vollkommen verrückt, deshalb habe ich ihn mehreren Leuten zu lesen gegeben, um eine Bestätigung für seine Existenz zu bekommen."

„Aber wieso konntest du sofort kommen?", fragte Lili. „Ich meine, der Brief kam gestern an und heute bist du hier."

„Ich hatte Glück", erwiderte Rufus. „In einer Maschine gegen ein Uhr war noch ein Platz frei. Er hat mich ein kleines Vermögen gekostet." Rufus lächelte kurz, dann wurde er wieder ernst. In seinem Hals bildete sich ein Kloß. „Auf dem Flug hierher hatte ich fürchterliche Angst, dass du nicht hier sein würdest, Lili", flüsterte er. „Ich fantasierte mir in Tausend Variationen zurecht, was mit mir passieren könnte, fände ich das Haus leer vor." Rufus sah Lili eine Weile an und schwieg. Seine Augen füllten sich mit Tränen.

„Was hättest du getan, wenn ich nicht hier gewesen wäre?"

„Ich weiß es nicht. Aber das ist jetzt auch nicht mehr wichtig. Du bist ja hier."

Lili lächelte. „Und was nun?"

„Keine Ahnung."

„Was ist mit San Francisco?"

„Ich muss dorthin zurück. Aber nicht sofort."

„Wie lange bleibst du hier?"

„Vielleicht ein paar Tage. Ich muss auf jeden Fall telefonieren. Und dann, Lili, nehmen wir uns Zeit, ja?"

„Zeit wofür?"

Rufus dachte einen Moment lang nach. „Was glaubst du?"

Lili lachte leise: „Zeit, um unsere Zeit sinnvoll zu nutzen? Regentropfen zu zählen, zum Beispiel ...?"

„Auch, Lili, auch."

Epilog

Das dicke, längliche Päckchen oben auf den Briefkästen fiel Rufus sofort auf, als er das Haus betrat. Schon von Weitem konnte er seinen Namen lesen, der in sauberer Handschrift mit einem blauen Stift darauf geschrieben war – An Herrn Professor Rufus Wittgenstein junior. Mit gerunzelter Stirn nahm er den schweren Pappumschlag in die Hand und drehte ihn um. „Lili Robinson", murmelte er und erkannte im Absender seine eigene Adresse in Deutschland. „Post von Zuhause? Seltsam", wunderte er sich.

Langsam stieg er die Treppe hinauf zu seinem Appartement im ersten Stock. Rufus ging geradewegs in sein Arbeitszimmer, legte seine Ledertasche und den Umschlag auf dem Schreibtisch ab und wanderte weiter in die Küche. Aus dem Kühlschrank holte er eine Flasche Mineralwasser, mit der er auf der Stelle seinen Durst stillte.

Es war heiß in San Francisco, obgleich der Oktober schon fast vorüber war. In Deutschland sind die meisten Bäume wahrscheinlich bereits ohne Blätter, dachte Rufus und lief zurück zum Schreibtisch. Er stellte die Flasche ab und nahm das Päckchen erneut auf. Umständlich riss er es an der Seite auf und schaute hinein. Zum Vorschein kam ein dickes, in blaue Pappe gebundenes Manuskript.

Eine Doktorarbeit?, überlegte Rufus und schlug gespannt den Deckel auf. Sein Blick fiel auf einen hellblauen Bogen Luftpostpapier, auf dem handschriftlich mit blauer Tinte geschrieben stand:

Lieber Herr Professor Wittgenstein,

ich schreibe Ihnen aus Ihrem schönen Haus in der Lili-omstraße.
In Ihrem Garten steht eine wunderbare Schaukel, auf der ich oft in den Himmel fliege. Sie müssen eine glückliche Kindheit erlebt haben.
Ich kam hierher, um zu schreiben und Ihr Haus hat mich zu einer fantastischen Geschichte inspiriert, die ich Ihnen mit dieser Post zukommen lasse. Selbstverständlich können die Namen der Protagonisten bei einer möglichen Veröffentlichung geändert werden.
Ich wünsche Ihnen viel Spaß beim Lesen, und vielleicht ergibt sich ja eines Tages die Möglichkeit einer persönlichen Begegnung.
Bis dahin - angenehme Tage und Nächte.

Viele Grüße
Ihre Lili Robinson

Staunend betrachtete Rufus das Manuskript, blätterte die erste leere Seite um und las laut: „Luftpost zwischen Tag und Nacht". Er setzte sich auf den Stuhl am Schreibtisch, wendete vorsichtig das nächste Blatt und begann zu lesen.

Kapitel 1

Rufus fuhr erschrocken zusammen. Er ging gerade durch den weitläufigen Flur seines Hauses, als sich die Eingangstür plötzlich öffnete. Eine Frau trat ein. Sie stellte einen großen Koffer auf dem Boden ab und fuhr sich mit der Hand über die Stirn. All dies geschah, ohne dass Rufus ein einziges Geräusch vernahm ...

Danksagung

Ich danke all denen, die an mich geglaubt und mich immer darin bestärkt haben mein Ziel zu erreichen, das ich seit meiner Kindheit sehen konnte. Mein größter Dank gilt Micha, Karola, Marion und Andrea. Insbesondere danke ich meinem Sohn und zugleich besten Kritiker.

Herzlichen Dank auch an Hubert Quirbach, Andrea el Gato (Verlegerin) und Antonia Benthack (Lektorat) für ihre Mühe und Geduld.

Vielen Dank lieber Leser, dass Sie dieses Buch gekauft haben.

Wir sind ein sogenannter Kleinverlag, der mit viel Herzblut und Liebe zum geschriebenen Werk arbeitet. Wir sind sicher, dass in Deutschland zahlreiche unentdeckte Talente schlummern, die von den Großen der Branche nicht gefördert werden.

Unsere Autoren zahlen keine Zuschüsse für Lektorat, Covergestaltung und Druck, womit wir uns von zahlreichen anderen Kleinverlagen unterscheiden.

Die Herstellung eines Buches von der Einreichung beim Verlag, bis zur Veröffentlichung umfasst mehrere Monate und zahlreiche Arbeitsschritte. Nicht zu vergessen die lange Zeit, die der Autor von der Idee bis zur Niederschrift benötigt.

Aus diesem Grund veröffentlichen wir nur Bücher, von denen wir glauben, dass sie erfolgreich sein könnten.

Bei dem vorliegenden Werk ist das der Fall.

Wir hoffen, dass Ihnen die Geschichte um Lili und Rufus genauso gut gefallen hat, wie uns.

Als Kleinverlag sind wir gleichzeitig auf die Unterstützung unserer Leserschaft angewiesen, und bedanken uns bereits jetzt über jede ehrliche und konstruktive Meinung.

Herzlichst Ihr Verlagshaus el Gato

Eine Übersicht über unsere lieferbaren Titel finden
Sie auf: http://verlagshaus-el-gato.de

Besuchen Sie unsere Fanpage auf Facebook:
https://www.facebook.com/Verlagshaus.el.Gato
twitter: #VerlagElGato

Wir liefern das Print inklusive E-Book aus.
Dazu finden Sie auf der hinteren Umschlagseite
unten einen Code.
Diesen Code lösen Sie bitte im E-Book-Store
des Verlages unter dem Reiter: „Gutschein
einlösen" ein.